幽世のおくりごと

百鬼夜行の世話人と化け仕舞い

忍丸

ポプラ文庫ピュアフル

JN122265

contents

鳥籠の鳥は、なにを考えているのだろう。
外の世界を渇望したりしないのだろうか。
自由がないと絶望したりしないのだろうか。
無邪気にさえずる小鳥を眺めながら、少女はそっと息をもらす。
夏の盛り。外の世界は眩しいくらいなのに、少女の居場所はいつだって昏かった。
じゃらっ。動くたびに足枷が嫌な音を立てる。
己の無力さを思い知らされるようで耳をふさいだ。
きっと、このままこの昏い場所で果てるのだ。
——そう思っていたのに。
「あなただけでも逃げて」
大切な人から投げかけられた言葉が、少女の運命を変えるだなんて——
いったい誰が予想しただろう。

プロローグ

ふと気がつくと、広大な花畑の中に横たわっていた。

頭がぼんやりしている。私はここでなにをしているのだろう。

「ここはどこ？」

ノロノロと起き上がれば、目の前には幻想的な風景が広がっていた。

深紅の彼岸花が乱れ咲いている。紅に染めた絹糸をより合わせたような花弁が、白い霧の中で揺れていた。朽ちかけた石の鳥居が花々の間に佇んでいる。花の合間を縫うように清水が流れていた。花畑は谷底に位置しているらしい。河原には大小さまざまな石が転がっていて、ときおり不自然に積み重なっている。モノクロな光景に、やけに彼岸花の紅が映えていた。そろそろと忍び寄る霧の冷たさが、心の温度まで奪っていくようだ。

──怖い。

幽玄《ゆうげん》な風景。彼岸花の妖しい美しさに圧倒される。

──落ち着け、私。

何度か深呼吸を繰り返して、記憶を探った。

ここに来る前はなにをしていたんだっけ。知らない場所にひとりでいるなんて、普通ではありえない。きっと特別な出来事があったはずだ。

「……あれ？」

間抜けな声がもれた。

靄がかかったように、うまく思考できなかったからだ。

じわじわと恐怖がせり上がってくる。

嫌な予感がしてならない。花の美しさが、ますます不安を募らせた。

彼岸花は〝幽霊花〟とも呼ばれている。ご存知のとおり墓地を彩ることが多い花だ。

川辺に積み上がった石、どこか不気味で物寂しい光景。

これじゃまるで――

死後の世界にでも迷い込んでしまったような。

「……アホか。んなわけないでしょっ！」

ばちん！　不安を紛らわせるように両頬を叩く。

変な妄想を振り払おうと、立ち上がって自分の体を確認した。

「足はちゃんとある！　体温は～……三十六度くらいっ！　ド平熱！　ほっぺたはジンジンしてるし、セーラー服は今日も可愛いっ！」

いきおいあまってくるりと回る。

ふわっとスカートのひだが膨らんで、臙脂《えんじ》のスカーフが風に遊んだ。

ぜったい似合うからと、進学先を厳選した上で無事にゲットした制服である。黒に近い濃紺の生地。金色のラインが渋めなスカーフの色にマッチしていた。身につけるだけでテンションが上がる最高の一着――……って、いまはいいか。

「大丈夫。どこから見てもごくごく普通の女子高生だ」

お化けやら幽霊やらになっちゃったわけじゃない。夢でもないようだけれど。

胸を撫で下ろして、キョロキョロと周りを見回す。

ともかく状況を把握したかった。ここはどこだろう？

う～んと首を傾げる。さっぱりわからずに困り果てていると、ふいに誰かが私を追い越していった。相手の姿は霧に遮られて判然としないが、間違いなく人だ。

「あのっ」

とっさに声をかける。だが、人影は霧の奥に消えてしまった。

――後を追おうか。

刹那のあいだ迷っていると、すぐに別の誰かが横を素通りしていった。

「なんなの……!?」

辺りを見回して、ようやく状況を理解できた。

彼岸花畑を進む行列が、ちょうどこの場所に差し掛かっているのだ。

おおぜいの人が通り過ぎていく。だのに、誰も私を気にかける様子はない。相手の姿だってよくわからなかった。霧がすべてを覆い隠し、すぐそこにいるのに薄い影が動いているようにしか見えない。深い深い霧が、私と他人の世界を遮断しているようだった。

「怖い……」

困惑のあまり後ずさる。

「わっ」

うっかり誰かにぶつかってしまった。乳白色の霧がわずかに薄れて、男性らしき人物が首を傾げたのがわかる。

「大丈夫か。立ち止まったら危ねえぞ。歩き疲れたか？　それとも怖いのか。こんだけ霧が深くちゃなあ。困ったもんだ」

声に戸惑いや警戒感はない。私を行列の一員だと勘違いしているのだろうか。

困惑していると、大柄な人物が近づいてきたのがわかった。

「仕方ないよ。行く先が見えないってのは不安になるもんさね」

声からして女性らしい。霧の向こうからすっと手が差し出された。

「繋いでなよ。もうちょっとで休憩のはずさ。はぐれないようにね」

「ええ……？」

とてもじゃないけど、高校生の私にかける言葉じゃなかった。相手からもこちらの姿は見えていないはず。子どもだとでも思われているのだろうか。

――どうしよう。

訂正するべきかと迷いはしたものの、けっきょく女性の手を取ろうと決めた。

――私は迷子だ。この人たちを逃したら次があるかわからない。

「じゃ、じゃあ」

いちおうは警戒しつつ、おずおずと手を伸ばす。

「おやまあ。冷たい手だねえ」

そう言うと、私の手をギュッと強く握りこんだ。繋いだ手のひらから優しい熱が伝播する。女性の気遣いが、不安でいっぱいだった心に沁みた。

「ありがとう」

「構わないよ。それに、女に冷えは大敵だろ？」

「たしかに」

たわいない話をしながら、彼岸花畑の中を進む。相手は私よりずいぶん背が高かった。頭上から感じる優しげなまなざし。温かく見守ってくれているのが霧越しにもわかった。

「いい人と会えてよかった」

心の底から安堵《あんど》する。

とりあえず、知らない場所でひとりぼっちという状況からは脱せたようだ。

不安が消えたわけじゃないけど、女性の気遣いに救われた気がしていた。

「――ッ!?」

瞬間、息が詰まるほどの強風が花畑を吹き荒れていった。

「谷風だ！　荷物を押さえろ。飛ばされるぞ！」

誰かが注意を喚起している。轟々《ごうごう》と唸りを上げた風が過ぎ去ると、世界はふたたび静寂を取り戻した。ほうっと安堵の息をもらす。

「大丈夫だったかい」

「あ、はい」

　おもむろに顔を上げると、とたんに固まってしまった。

　風で吹き飛ばされたのか、あれほど濃厚に世界を包み込んでいた霧がすっかり晴れている。いままでわからなかった女性の姿がはっきり見えた。

　翠色の小袖《こそで》。片手に編み笠と杖を持っていた。足袋《たび》に草鞋《わらじ》。時代劇にでも出てきそうな古めかしい旅装だ。髪を綺麗に結い上げ、髱《たぶさ》には梅のかんざしが揺れている。なかなか美人だ。小さめの口に引かれた紅が鮮やかで、涼しげな目もとは色っぽかった。

　思ったよりも大柄ではない。

　見下ろされていると感じていたのは――彼女の首がにょろりと長かったからだ。

「ぎゃあああああああっ!?　ろくろっ首――――!!」

「ぎゃあああああああっ!?　に、人間――――!!」

　私たちは同時に悲鳴を上げた。

「やだっ!　なんで人間がいるんだいっ!　触っちまったよう!　ど、どうしよう」

　青ざめた顔をしたろくろっ首は、繋いだ手を振り払った。引きつった顔で手を体から遠ざけている。汚物に触った後の反応みたいだ。なんて失礼な!

「ひ、人をゴキブリみたいにっ……!　さっきまであんなに優しかったくせに!」

「だまらっしゃい!　人間もゴキブリみたいなモンじゃないかっ!」

「ええええええ……！　さすがにひどくない!?」

すると、行列に参加していたモノたちが、騒ぎを聞きつけて集まってきた。

「人間って本当か？　お菊《きく》」

「そうだよう。ほらっ！　ほらほらっ！　そこにいる～！　なんとかして源治郎《げんじろう》！」

「うわ。マジだ。人間がこんな場所にいるなんて珍しいな。どっから迷い込んだ」

声に聞き覚えがある。源治郎と呼ばれたのは、さっきぶつかってしまった男性だった。

編み笠を被り、質素な僧服を身にまとっている。ざんばら頭に、ショリショリと無精《ぶしょう》髭《ひげ》を撫でる姿は飄々《ひょうひょう》として、精悍《せいかん》な顔つきの青年僧だ。……だが、額の真ん中に第三の目が鎮座していた。明らかに普通の人間じゃない。

「どうした、どうした」

どしん、どしんと地響きがする。

――今度はなに!?

振り返ると、やたら大きな毛むくじゃらお化けと目があった。獅子舞《ししまい》のような顔つきをしていて、ゴワゴワうねった髪の毛を地面に散らしている。脚や胴体は見えない。もしかしたら首しかないのかもしれなかった。ぎょろりと血走った目を私に向けたお化けは――

「おとろしや～……」

意外にも、臆病な大型犬のようにブルブルと巨軀《きょく》を縮こまらせた。

「なんなの……!?」

気がつけば、よくわからない生き物に取り囲まれていた。一本足の破れかけた傘、ふわふわした毛玉、着物姿の雀……。昔話や絵本なんかで見た奇々《きき》怪々《かいかい》なあやかしたちが、ずらりと勢揃いしている。

「人間だ」「人間……」「なんでここに」

しかもだ。理由はわからないが、誰もが怯えた顔をしているではないか。

思わずじりじりと後ずさった。ありえない状況に体が震える。

仮装行列？　いや、どう見ても作り物じゃない。

――じゃあ、なんだっていうの。本物のあやかし……？

もしかして百鬼夜行なのだろうか。昔話に聞いた、真夜中にあやかしが作る行列。

話によると、出会った人間はもれなく死んでしまうとか――

――これってヤバくない？

青ざめていると、やたら濃い影が頭上から差し込んできた。

そろそろと顔を上げて、目の前に広がった光景に「ひっ」と息を呑んだ。

「ニンゲン……ニンゲン……」

私を見下ろしていたのは骸骨《がいこつ》である。それも山と見紛うほど巨大だ。尋常ではない数の骸骨が寄り集まり、ひとつの形をなそうとしていた。がらり、がらがら。がらがらがらっ！　巨大な骸骨に、小さな骸骨がよじ登って同化する。ときおり失敗しては、地面に打ち付けられた骨が砕け散った。地獄のようなおぞましい光景だ。

震え上がった私に、骸骨は威嚇《いかく》するように白い歯を打ち鳴らした。

ぬうっと顔を覗きこんで――

「ニンゲン、クラウ」

世にも恐ろしい発言をしたのだった。

「そんな……」

へたり、と地面に座り込む。逃げ出したくても足が震えて動けない。

「人間なんて喰ってしまえ!!」

容赦ない野次が飛んできた。思わず身をすくめると「そうだ、そうだ」とあやかしたちが地面を踏みならす。彼岸花が無残に踏み潰されていった。粉々になった花が、未来の自分を象徴しているようで、自然と涙があふれてくる。

――嘘でしょ？　このまま、化け物に食われちゃうのかな？

痛いのは怖い。怖いのは嫌だ。どうして私がこんな目に。

「だ、誰か。誰か助けてよおっ……!!」

「なんの騒ぎだ」

涙ながらに叫んだ瞬間、ふいに男性の声が割って入った。

「ワタリの旦那」

大騒ぎしていたあやかしたちが静まり返る。

そろそろと視線を上げれば、ひとりの青年の姿が目に入った。

恐怖の渦中にいてもなお、ハッとするほど目を引く人だ。凛とした立ち姿が美しい。

肌は透き通るように白かった。長めの黒髪を肩口で切り揃えていて、深い藍色に黄緑が入り交じった瞳を持っている。長いまつげが印象的で、鼻筋は絵筆で引いたように通っていた。薄い唇は桜色に淡く色づき、どことなく日本人とは違うルーツを感じさせる。

服装も特徴的だ。ハイネックのシャツの上に、和柄の裏地が鮮やかな羽織を着ていた。ゆったりとした黒いパンツ。裾からはゴツゴツした編み上げブーツが顔を覗かせている。小物使いも巧みで、洒落《しゃれ》た和洋折衷スタイルだ。

「賑やかだと思って来てみれば……人間か」

青年は、ジロリと私を睥睨《へいげい》して言った。眉間に皺を寄せ、深々とため息をつく。

集まったあやかしたちに向けて、一転して柔らかな口調で言った。

「落ち着いてくれ。行列は神聖なものだ。人間なんかの血で汚してはいけない」

「だけどよ――」

異を唱えたのは、源治郎と呼ばれた三ツ目の怪僧だ。

「ここには人間が好物の奴らがたんまりいる。我慢させるなんてちっと可哀想じゃ――」

「やめるんだ、源治郎」

青年が言葉を遮る。不思議な色をした瞳に哀愁をにじませ、しみじみと語りかけた。

「そういうのは〝もうお仕舞い〟だ。人間と積極的に関わろうとするのはよせ」

しばしの沈黙が落ち、怪僧はへらっと表情を緩める。

「……そっか。そうだったよな。すまねえ」

ボリボリと頬をかいて、青年に信頼がこもったまなざしを向けた。

「それで。どうするんだよ、コイツ」

「俺が判断する」

「わかった。任せた。お前らもいいだろ？　がしゃ髑髏《どくろ》も」

怪僧の言葉で、あやかしたちが一様に大人しくなった。青年と源治郎が行列の主導者らしい。あの巨大な骸骨はがしゃ髑髏と言うようだ。ガチガチと不満げに歯を鳴らしたものの、もう私を襲うのは諦めたようだった。

「……たす、かった？」

全身がぐっしょりと汗で濡れていた。力がうまく入らず、立ち上がれない。

「ほら」

座り込んだままの私に、青年が手を差し出してきた。

「あ、ありがとう。ワタリ、さん？　あなたも人間……ですよね？」

「ワタリというのは職業の名称だ。俺はカゲロウ。いちおう人間だ。先祖代々、日本中を漂泊《ひょうはく》しながら、あやかしの世話をしている」

「そ、そうなんですか。なんでまた人間のあなたが……？」

「…………」

青年は、深々とため息をついた。

詳しく説明する気はないようで、あからさまに話題を変える。

「そういえば、名を聞いてなかったな」

「さ、桜坂雪白《さくらざかゆきしろ》っていいます」

「そうか。雪白、どうしてこの場所に？」

「わからないんです。気がついたらここにいて――」

「…………。誰かに連れられて来たんじゃないのか？」

「まさか！」

すかさず否定した私に、カゲロウは怪訝《けげん》な表情を隠そうともしなかった。

「ここは〝幽世《かくりよ》〟だ。普通の人間が立ち入れる場所ではないんだがな。手引きした者がいないのなら、神隠しにでも遭ったのか？」

「神隠し!?　か、幽世……？　よくわからないです。つまり、ここは普通の世界じゃないってことですか。あ、あの。元の世界に帰れますよね？」

「問題ない。世界の境界は曖昧《あいまい》だ。そう悲観しなくともいい。ともかく、あやかし共に喰われる前に帰れ。送ってやるから」

「……！　ありがとう!!」

よかった。ぶっきらぼうだが面倒見のいい人だ。

「それで、家はどこだ」

「えっと――」

質問に答えようとして固まる。

「私って、どこから来たんだろ……？」

頭の中が真っ白なのに気づいて、じわりと嫌な汗が全身ににじんだ。

おかしい。住んでいた場所を思い浮かべようにも、なんの記憶も蘇ってこない。

「そ、そうだ！」

体中のポケットを探った。

どこかに身分を証明するものが入っているかもしれない！

「………。ない」

愕然としてつぶやく。

「帰りたいのに、どこへ帰ればいいかわかんない……」

そしてようやく気づいた。記憶のほとんどが曖昧な事実に。

かろうじて名前は覚えているものの、どこで生まれて、どこから来たのかわからない。

「アンタ、もしかして記憶喪失って奴かい？」

お菊と呼ばれたろくろっ首が私に訊ねた。

ぱちぱちと目を瞬いて、じわりと目もとをにじませる。

認めたくなかった。でも、否定するだけの根拠もなくて。

「ど、どどどど、どうしようっ……！」

頭を抱えていると、カゲロウがじりじりと距離を取りつつあるのに気づいた。

「あの……?」

声をかけると、彼は真顔のままスチャッと片手を挙げた。

「面倒な気配がするから戻る。ひとりでがんばれよ。さあ、お前らいくぞ!」

「はあああああああっ!?」

嘘でしょう!? せっかく同じ人間を見つけたってのに!

——逃がすもんか!

「ちょおっと、待ったああああああああ!」

ダッシュで駆け寄り、青年にしがみつく。

恥も外聞もかなぐり捨て、彼の腰にグリグリと顔をすりつけた。

「置いていかないで——!! 同じ人間のよしみでしょう!?」

「やめろってば! 俺はあやかし共の面倒だけで、いっぱいいっぱいなんだっ!」

「嘘だあ! こ~んなにたくさんいるんだもの! か弱い女子高生がひとり増えたって変わんないわよ!」

「誰がか弱いだ。変わる。ぜったいに変わる!!」

「イケメンなんだから謎の包容力を見せなさいよ! ほら、スパダリムーブして!!」

「顔は関係ないだろう! スパダリってなんだ。褒めてくれて悪い気はしないが!」

「だったら!」

「無理なものは無理だッ!」

何度否定されたって諦めるわけにはいかなかった。

こんな恐ろしい世界に取り残されたくない。生きるために必死だ。

「お願い〜〜ッ!!」

ひたすら懇願《こんがん》していると、誰かの笑い声が聞こえてきた。

「なんだか面白い事態になってるけど、大丈夫〜?」

「ゲッ……」

カゲロウが変な声をもらす。

声がした方を見ると、いやに渋いオジサンが立っていた。

「こんにちは。お嬢さん。そんなつれない小僧より、僕みたいなイケててニヒルなオジサンに頼った方がいいんじゃないかな?」

現れたのは、壮年を過ぎた紳士だ。

灰色になった髪をていねいに撫でつけている。年相応に皺が寄っているものの、垂れ目がちで爛々《らんらん》と輝く黒い瞳や、全身から発するオーラ、ハイブランドのスーツが若々しい印象を与えていた。かなりのイケオジだが、容易に心を許したらいけないような軽さがある。

イタリア男の匂いと言えばわかりやすいだろうか。ノリで女を口説きそうなオジサン。

第一印象はそれだった。

「……誰ですか」

カゲロウの背中に隠れて訊ねれば、脱力した様子の青年が答えをくれた。

「小《お》野《のの》篁《たかむら》。冥府の役人で、俺の上司だ」

「冥府の役人？」

「閻魔《えんま》大王《だいおう》は知ってるでしょ？　僕はね、死んだ人間の魂を裁く仕事をしてるんだよ。ワタリ家業を営む人たちの管理もしていてね……まあ、詳しい説明は追々するとして。ほうら飴ちゃんだ。お腹空いてないかい。出ておいで～？」

「嫌です！」

　飴の包みをちらつかされるも、シャーッと仔猫のように威嚇する。

　オジサンは「嫌われちゃったねえ」なんてニコニコしていたが、ひたとカゲロウに視線を向けると、一転して真顔になった。

「ところでカゲロウくん」

「は、はい……」

「困っているお嬢さんを見捨てようだなんて、ひどい話だと思わないかい」

「……ッ！」

　威圧的な気配を漂わせたオジサンは、やたら高そうな腕時計をいじりながら続けた。

「こんな場所に来ちゃったからには、彼女にも事情があるんだろうさ。困っている女性を助けないなんて紳士の風上にも置けない。しばらく面倒を見てあげたらどうかな？　なんなら、君の仕事を手伝ってもらったらどう。人手不足だって文句を言ってたよね」

「……それは……」

なにやら考えこんでいるカゲロウに、オジサンはにんまり笑って続けた。

「それに。君が彼女の面倒を見ようとしないのは、いつもの癖が出ちゃうからだろ。いくあてがない記憶喪失の少女なんて、まさにどんぴしゃりだもんねえ」

カゲロウが気まずそうに黙り込むと、周囲のあやかしたちから声が上がった。

「なに言ってんだ。それがワタリの旦那のいいところだろ！」

「そうだ、そうだ。アタシらが、どれだけお世話になってると思ってんのさ」

「引っ込め、オッサン！」

「なにがイケオジだ。ジジイはジジイ。若モンに勝てるわけがねえだろ！」

「ねえ待って。僕に対する態度ひどくない!?」

オジサンが涙目になると、あやかしたちがドッと沸いた。

えらい人ではあるようだが、あまり敬われてはいないらしい……。

なんとも和気あいあいとした雰囲気に虚を衝かれていると、カゲロウが深々と嘆息した。

「……わかりました。わかりましたよ！　コイツの面倒を見ればいいんでしょ」

「ありがとう。カゲロウさん！」

感激のあまりに抱きつこうとすると、ひらりと躱《かわ》されてしまった。

「……カゲロウでいい。それに記憶が戻るまでだからな」

「もちろん。オジサンが言ったとおり、仕事の手伝いもします。タダ飯ぐらいは嫌だし」

「いや、別に仕事は……」

カゲロウが言葉を濁《にご》す。

しかし、笑顔の小野篁と視線が合うと、諦めたかのようにかぶりを振った。

「わかった。お前にも手伝ってもらおう」

「ありがとうございます！　それで、ワタリの仕事って……？」

「言ったろ。ワタリはあやかしの世話役だ。最初から最後まで責任を持って面倒を見る」

「そっか、さっきもそう言ってました、よ、ね……」

ごくりと唾を飲みこむ。

――あんまりにも賑やかだから、すっかり忘れていたけど。

改めて確認してみると、あやかしたちの姿は異様だった。

人に近い姿をした者もいるが、まるで理解できない姿形をしている者もいる。

血走った目。鋭い爪。剝《む》き出しになった牙……可愛げなんてどこにもない。

むしろ、不思議と恐怖心をかきたてる姿をしていた。

――彼らの面倒を、私が……？

「……ニンゲン、ウマソウダナ……ヤッパリ、タベタラダメ？」

がしゃ髑髏がつぶやく。ぽたり、口もとから透明なしずくがしたたり落ちた。

ぞわぞわわっ！　あまりの恐怖に、カゲロウの背中に逃げ込む。

――本当に大丈夫なの!?　た、食べられずにお世話できるのかなあ……？

不安に思っていると、

――ちりりんっ！

ふいに涼やかな音色が聞こえた。

「なんの音？」

首を傾げていると、カゲロウが遠くを見ているのがわかった。

「……仕事だ」

「え？」

「アイツらが俺を呼んでる」

ポカンとしていると、カゲロウはスタスタと歩き出してしまった。

「源治郎、行列は任せた。ちょっと現世《うつしよ》まで迎えに行ってくる」

「りょ～かい。早く戻ってこいよ」

「えっ？　えっ？　わ、私は？」

思わずカゲロウの背中とオジサンの顔を見比べる。

自称ニヒルなイケオジは、ちょっと困ったように笑って言った。

「どうやら〝向こうの世界〟で、カゲロウくんにSOSを出してるあやかしがいるみたいだね。そういう子を助けるのもワタリの仕事だ。君も一緒にいっておいで」

「う、うん……！」

慌てて後を追うと、背後からオジサンの陽気な声が聞こえた。

「いってらっしゃい！　応援してるからね～！」

こうして、私――桜坂雪白は、カゲロウの仕事を手伝うことになった。
うっかり迷い込んでしまった百鬼夜行。
謎めいた美青年、カゲロウ。自称ニヒルなイケオジ小野篁。
おどろおどろしいあやかしたち……。
そして、記憶喪失になってしまった私。
これからどうなるのだろう。
私はどこから来たの？　ちゃんと記憶は戻るの？
なにもわからない。
ただ、ひとつだけはっきりしている事実があった。
「油断したら化け物に喰われる……！」
――ぜったいに気を抜くんじゃないわよ、雪白。
嚙みしめるように自分に言い聞かせた。
あやかしと適度な距離を保ちつつ、身の安全を確保するべし！
じゃなきゃ、近い将来に待っているのは――無残な死だ。

第一章

急ぎ逝く君に焰《ほむら》を贈る

驚くことに、私はいとも簡単に人間たちが住む〝普通の世界《げんせ》〟に戻れた。

おさらいすると、さっきまで私がいた世界は幽世という。

人間が住む世界は現世。幽世は人ならざる者たちが暮らす場所なのだそうな。

幽世には人間の魂が死後におもむく冥界もあって、現世と幽世、ふたつの世界は隣り合っている。境界はとても曖昧で、ふとした瞬間に繋がってしまうこともあった。

過去にも、うっかり人間が迷い込んでしまった事件があったそうで……。

いわゆる神隠し。化け物がウヨウヨいる世界にいってしまった人間の末路は……お察しである。カゲロウは、私もそのひとりなんじゃないかって考えているようだ。

「……軟弱だな。お前」

ベンチに横たわる私を、やたら美形な青年が見下ろしている。

世界がグルグル回っていた。気持ち悪い。吐きそう。脚がガクガクする。

なのに――この男はっ！

カゲロウが差し出した水のボトルを奪い取り、ごくごくっと飲み干した。

ぷっはあ！　いきおいよく息を吐いて、くったりと脱力した。

「軟弱じゃないですって。井戸の中に落ちたら誰だってこうなります！」

「そうなのか……？」

「ぜったいにそうです！」

「すまない。普段から幽世にいるせいか現世の常識には疎いんだ。移動手段への文句なら小野のオッサンに言ってくれ。現世との行き来に井戸を採用したのは、アイツだからな」

……そういうことじゃないのに。

くらっ、眩暈《めまい》がしてふたたび横たわる。

燦々《さんさん》と日差しが降り注いでいた。新宿《しんじゅく》のビルの合間にひっそりと佇む神社。そこの古井戸が幽世と繋がっているという。別世界へ移動する方法は簡単。中に飛び込むだけだ。

幽世を出る時、カゲロウは問答無用で私を古井戸に突き落とした。結果、このザマだ。

「ちゃんと説明してくださいよ～……」

ブツブツ文句を言っていると、カゲロウが喉の奥で笑ったのがわかった。

「悪かった。次からはちゃんと話してからにする」

ひやりと冷たいものが額に乗った。井戸水で濡らしたハンカチだ。

「具合がよくなったら出発しよう。無理はするな」

「……急に優しい。さっきは見捨てようとしたくせに」

「世話をすると決めたからな。だから大事にする」

思わず目を丸くした。もしかしたら、身内にはとことん甘いタイプなのだろうか。

――いやでも、会ったばかりだしな……。

なのにこの豹変《ひょうへん》っぷりである。これがカゲロウの〝癖〟なんだろうか。

「変なの」

「自分じゃよくわからないな」

カゲロウはちょっぴり困ったような笑みを浮かべていた。

小一時間も休憩すれば、気分はすっかりよくなった。カゲロウの後について歩く。真夏の新宿はうだるような暑さだ。街路樹にしがみついた蟬が、けたたましい声で鳴いている。アスファルトの地面を舐める熱風に、誰ものぼせた顔をしていた。外出を躊躇《ちゅうちょ》するくらいの陽気のさなか、黙々と歩く人々の姿はいかにも都会的だ。

「なあ、本当に俺の仕事を手伝うつもりか。このまま警察署にいってもいいんだぞ」

横断歩道を渡りながらカゲロウが言った。

すまし顔で歩くイケメンは人々から注目を集めている。「かっこいい」「モデル?」「芸能人かもよ」そんな声が其処此処《そこここ》から聞こえた。和洋折衷スタイルはちっとも夏向きじゃないのに、汗ひとつかかない姿は涼やかで絵になるくらいかっこいい。

「でも、名前くらいしか覚えてないですし。おまわりさんも困るんじゃないですか?」

「届けが出ていたらわかるだろう。そこそこ珍しい名前だしな」

「そうなのかな……」

なんだか落ち着かなくって、思わず立ち止まった。

——もし、二度と記憶が戻らなかったら?

「なんにも覚えてないのに、知らない人を家族だって紹介されたら嫌だな」

家だと案内された場所が、本当に自分の居場所なのか確信が持てないなんて悪夢だ。

誰かが家族を偽っているなんて、疑心暗鬼に苛まれかねない。

「警察にいくのは記憶が戻ってからでもいい気がする」

明らかな現実逃避だった。でも、記憶が戻るまでの面倒はカゲロウが見てくれるそうだし、甘えてもいいんじゃないだろうか。

うん。これでとりあえずの方針は決まった。ふいに顔を上げる。

「わっ……」

目の前に通行人の男性が迫っていた。ぴょんっと不格好な体勢で避ける。

「あ、あぶなっ……」

ぶつかる寸前だった。ドキドキしていると、また別の人が近づいてくるのに気がつく。肩が触れ合うほどすぐ横をＯＬが通り過ぎていった。こら！　歩きスマホは危険でしょ!?

「なんなの！」

歩行者用信号が点滅している。そのせいで、誰もが早足になっているようだ。

「前を見て歩きなさいよね～！」

イライラしながら、ダッシュで渡りきる。

ぜいはあ。息を荒らげていると、木陰に入って待っていたカゲロウが呆れ声を上げた。

「横断歩道で立ち止まるなんて非常識だぞ」

「カゲロウに言われたくないです！　ああ、ドキドキした。都会ってこれだから嫌」

「なんだ。田舎出身か？」

「覚えてないけど、そうかもしれないですね。都会ってものに理不尽な怒りを感じる」

これも、記憶を思い出す手がかり……になるのだろうか。

首を傾げていると、カゲロウの手に意外なものを見つけた。

「スマホなんて持ってるんですか」

「当然だろう。日本のスマホ普及率がどれくらいだと思ってる」

「普段は幽世にいるんじゃ……？　電波なんて届かないでしょう」

「ふたつの世界の境界は曖昧だと言ったろう。問題ない」

「ひえ～。電波は世界を渡るんだ。すごっ」

嘘のような話だが、冗談ではないようだ。実際、カゲロウは慣れた様子で操作している。

「それで、なにを見てるんです？」

「これから迎えにいく奴の情報が載っていないか調べている。ＳＯＳを出すようなあやしは、現世で騒動を起こしているのがたいがいだからな……ああ、たぶんこれだろう」

「え～っと。連続不審火……？」

カゲロウが見ていたのは、ＷＥＢニュースだ。新宿界隈で不審火が頻発しているらしい。数週間のうちに三件ものボヤがあった。可燃性のものがない場所で火が上がったそうで、犯人は不明とされている。

「えっ。つまり、これから放火魔を迎えにいくってことですか……？」

「放火魔だなんて人聞きが悪いな」

「だって、火事を起こしたんでしょう！」

ひとり青ざめていると、カゲロウが深々とため息をついたのがわかった。

「……好きで騒ぎを起こしてるわけじゃないさ」

切なげな表情に面食らう。「いくぞ」と、ふたたび歩き出した彼の後を追った。

「ね、到着するまで、いろいろ教えてくれませんか？」

「なにをだ」

「あなたのこととか。なんであやかしの面倒を見てるのかとか！　あれって本当に百鬼夜行なんですか。教えてください。お仕事を手伝うんですから、聞く権利はあるはず」

「…………」

めんどくさそうに眉間に皺を寄せたカゲロウを、むくれ顔で見つめる。

深々と嘆息した彼は、ようやく説明を始めた。

「百鬼夜行で間違いない。歴史があるんだぞ。古くは『江談抄《ごうだんしょう》』や『今昔物語集《こんじゃくものがたりしゅう》』、『宇《う》治《じ》拾遺《しゅうい》物語《ものがたり》』に登場する。『今昔物語集』には、大納言《だいなごん》左大将《さだいしょう》の藤原常行《ふじわらのときつら》が、服に縫い付けてあった陀羅尼《だらに》のおかげで、命拾いしたという逸話が載っているくらいだ」

「わ、古くさい本がいっぱい出てきた。なんかすごそう」

素直な感想を口にすれば、呆れまじりの視線を投げられた。

「勉強しろよな、若いんだから」

「うっ。そういうカゲロウはいくつなんですか」

「二十四。お前は？」

「十六……とか、十七とか？　それくらい？」

しどろもどろに答えれば、ハッと鼻で嗤《わら》われた。

「お子さまめ」

「むう」

そっちだって大人げないくせに。むくれていれば、カゲロウが話の続きを始めた。

「俺の一族は先祖代々、百鬼夜行を導く役目を担ってきた。人にあらざる存在を陰から助け、守るのがワタリの仕事だ」

「なんで、人間がお化けの面倒を見なくちゃいけないんです？」

「ルーツが関係している。ワタリの祖先は漂泊民なんだ。人里に馴染めなかったり、戦に負けて居場所をなくしたり、故郷で生きられなくなって日本に辿りついた人間だったり……いわば社会不適合者の集まりだった。山師《やまし》をしながら各地を渡り歩いていたようだが、そのうちあやかしと知り合ったようでな」

人界に馴染めない一族と、暗がりに棲む人外の者。

彼らは意気投合して共に生きるようになった。

「紆余《うよ》曲折《きょくせつ》あり、結果的にはぐれ者同士が助け合うようになったと聞いた」

「へえ……。そうなんですね」

「ともかく、俺の仕事はアイツらの面倒を見ること。百鬼夜行は習性みたいなもので、あやかしは集まると列をなしたがるんだ。だから、つつがなく行列が進むように管理するのも役目。おかげで、日々幽世をあちこち渡り歩く羽目になっている」

「昔話みたいに、町中を練り歩いたりしないんですか？」

「しない。ニュースで百鬼夜行の話をしているのを見たことがあるか？」

「ないですけど……」

「あやかしを見たって知り合いは？」

「記憶が曖昧だけど、ない……と思います」

へらっと緩んだ笑みを浮かべる。

「だって。実際に会うまで、あやかしなんて作り話だと思ってましたから」

ふいにカゲロウが立ち止まった。

気がつくと、昭和の臭いがする商店街のただ中にいた。通行人の数は少なくないのに、ほとんどの店はシャッターが下りたまま。淡すぎる照明は湿っぽい薄暗さを演出し、肉屋から漂ってくる使い古した油の臭いが、どこか冴えない雰囲気をかもしていた。

「だろうな。科学が進化した現代に、あやかしの居場所なんてない」

――りぃん。

「え？」

どこかで聞いたことのある音がした。

「こっちか」

カゲロウが脇道に入っていく。

「え、ちょっと！」

慌てて追いかける。早足になった彼の背中は怒っているように見えた。

「あやかしは、人の恐怖心や現象への無理解から生まれる。科学によって、ほとんどの曖昧な現象が証明されてしまった以上、現世に存在する余地がないんだ」

「だから、みんな幽世にいたんですね」

「現世で暮らすのを諦めた奴らはな。だが——それでも人のそばにいたいと、こちらの世界を選択した者もいる」

「これから迎えにいくのは、自分の意思でこっちに残ったあやかしってこと？」

「そのとおりだ」

——りん、りぃんっ！

また音が大きくなっていた。何度も繰り返される涼やかな音は、焦っているようにも聞こえる。急かすような音色につられて、私たちの足取りも自然と速くなっていった。

——りんっ！

そして、ひときわ大きく音が鳴った瞬間。

「見つけた」

カゲロウが足を止めた。

「兄ちゃんっ……!!」

薄暗い路地の奥に少年が立っている。

六歳くらいの浴衣を着た子どもだ。ざんばら頭に、お祭りでよく売っている狐面を着けていた。手には小さな鈴を握っている。音源は彼で間違いないようだ。

「業《ごう》！　ここにいたのか」

カゲロウが駆け寄る。いまだ幼さを残すふっくらとした頬を涙で濡らし、泣きはらした目をした少年は、安堵の色をにじませた。

「よかった。来てくれた……！　助けて。蛍《ほたる》がっ……！」

「もう大丈夫だぞ」

安心させるように強く抱きしめた後、業と呼ばれた少年をこちらに押しつける。

「雪白、業を頼む」

「え、ええっ？」

困惑している私に、カゲロウは険しい表情で言った。

「邪魔はするなよ」

そのまま更に路地の奥へ進む。

「ま、待ってくださいよ！」

置いていかれまいと、少年の手を引いて後に続いた。

「ねえ、もしかして……おねえちゃんって人間？」

路地を進んでいると、ふいに業が私に訊ねた。

「そうだけど。どうかした？」

なんの気なしに答えれば、業が息を呑んだのがわかった。

「は、離して。触らないで」

手を振り払われる。やんわりと距離を取られて、少年は怯えた表情を見せた。

──私、なにかしたっけ……？

ショックを受けつつも、覚えのある反応に目を瞬《またた》いた。

──そうだ。幽世で百鬼夜行にまぎれこんじゃった時もこうだった。

最初、あやかしたちは業と同じような態度だったように思う。

なんで人間を怖がるのだろう？　恐ろしいのはお化けの方のはずなのに。

「蛍！」

先導していたカゲロウが声を荒らげる。

ハッとして顔を上げれば、あまりの光景に我が目を疑った。

「……あ、あ、ああ。ああああああ……！」

業と同じような体格の少年が、立ち尽くしたまま業火に包まれている。

不思議と浴衣や髪の毛は無事だった。肌が爛《ただ》れる様子もなく、炎の熱で苦しんでいるわけではないようだ。なら、なにが彼を苦しめているのだろう。

目の前にはごみ集積所があった。

蛍という少年のまなざしは、ごみ袋の中身に注がれている。

「嫌だ。いやだよう。嫌だああああああああっ!!」

「……蛍！　くうっ」

カゲロウが駆け寄ろうとするも、あまりの熱風にたじろいだ。

——これが、カゲロウが迎えに来た子たち……？

愕然としていると、不審火のニュースを思い出してハッとした。

——火の気がない場所での発火……原因はこの子たちそのものだったんだ！

いまも積み重なったごみに炎が燃え移っている。このままじゃ大火事になりかねない。

「ど、どうしよう。水？　しょ、消防車ッ……！」

混乱していると、カゲロウが蛍の下へと歩き出したのが見えた。

「ばっ、馬鹿！　なに考えてるの。大火傷しちゃいますよ!!」

カゲロウは聞く耳を持たない。羽織を投げ捨て、袖を捲り、両腕で体をかばいながら、じょじょに歩みを進めていった。

「ぐ……」

端整な顔が痛みに歪む。

それでも歩みを止めない。強い意思でもって少年の下へ突き進んでいく。

——やだ。もう見ていられないっ……！

たまらず顔を背けようとした瞬間、私はふたたび驚きに目を丸くした。

「問題ない。大丈夫だと言っただろう」

カゲロウが笑みを浮かべていたからだ。

苦痛に脂汗をにじませて、それでも不敵な表情を変えずに彼は言った。

「俺はワタリだ。辛い想いをしている奴を放って置けるか」

力強く一歩を踏み出す。ついに、悲鳴を上げ続けている少年のそばに到着した。

「辛かったな」

手を伸ばし、蛍の小さな体を抱きしめる。

強く、強く。相手が燃えている事実なんてまるで気づいていないように。

なにより大切な宝物を腕の中へ閉じ込めた時みたいに、優しい笑みを浮かべた。

「帰ろう。俺たちの場所に」

「あ……」

蛍の悲鳴が止まった。じょじょに炎のいきおいが収まっていく。

「カゲロウ兄ちゃん……？」

ぱちり、ぱちり。感情を取り戻すかのように、ゆっくりと目を瞬いた。目の前の人に、
少年は初めて気がついたようだった。名を口にしたとたん、くしゃりと顔を歪める。

「ぼく。ぼく……」

小さな手でカゲロウにすがる。絞り出すような声でこう言った。

「もうやだ。もうやだよ。兄ちゃん……　〝化け仕舞い〟をさせて」

カゲロウは苦しげに顔を歪めた。

わずかに唇を震わせ、あちこち視線をさまよわせる。

だが、すぐに冷静さを取り戻すと、幼いあやかしに強く断言した。

「任せておけ」

――〝化け仕舞い〟……？

焦げた臭いが辺りに満ちている。

いったいなにが起きて、なにを約束したのか。

なにも知らない私は、抱きしめあうふたりを見ていることしかできなかった。

＊

現世で業と蛍のふたりを回収した私たちは、その足ですぐさま幽世へ向かった。

灼熱《しやくねつ》に包まれている新宿を進み、異世界へ繋がる井戸を目指す。

「すぐに幽世に連れ帰ってやるからな」

蛍は見るからに衰弱していて、カゲロウに体を預けてぐったりと目を閉じている。

道行く人に、子どもたちの姿は見えていないようだ。明らかに異常事態だというのに、誰も気にかけない。本当に人ならざる存在なのだと、思い知らされた気がしていた。

「お医者さんに連れていかなくていいんですか？　カゲロウも。ひどい火傷ですよ」

蛍は病的なほど痩せ細っていて、医者が必要な状況に思えた。カゲロウの体だって、ひどい有様だ。一刻も早く病院に駆け込むべきだと思ったのだけど――

「……コイツを診られる医者なんていない。俺だってそうだ。健康保険証どころか戸籍すらないんだから」

淡々と答えながら、医者は現世の人間用だと、皮肉な笑みを浮かべてすらいる。

「そっか。そうですよね」

医療を受けられない存在がいる――

ショックだった。医師はおろか、獣医師ですら身近な存在だと思っていた。でも、あやかしやワタリは違う。そんな当たり前のことすら失念していたなんて。

「心配するな。蛍は疲れて眠っているだけだ。幽世のみんなの顔を見たら元気になる。俺の火傷だって、戻ってから治療すればいい」

「……そうなんですか？」

「ああ。美味い飯を食ってよく眠る。そうすれば大抵はよくなるものだろ」

力強い言葉。けれど、科学的な根拠はない。

――本当に大丈夫なの。そんなんで元気になるの？

もし、蛍が目の前で死んじゃったら……？

不安でいっぱいになっていると、業が泣きそうな顔をしているのに気がついた。

「大丈夫？」

声をかけると、怯えた表情でカゲロウの陰に隠れる。

業だって、蛍に負けず劣らず痩せ細っていた。手足は細かい傷でいっぱいだ。長いこと洗っていないのか、髪は脂でギトギト、煤《すす》まみれの顔は薄汚れている。

――こんな恰好でいるだなんて。

ぜったいにあっちゃいけないと思う。子どもはいつだって無邪気に笑っていてほしい。

「……大変だったね」

衝動的に手を伸ばす。業が身を硬くしたのがわかったが、構わず頭を撫でてやった。業がぱちぱちと目を瞬く。まんまるの瞳。涙でにじんだそこに、笑顔の私が映っていた。

「ねえ、幽世に戻ったら、君の手当てをさせてね」

「な、なんで、僕に構うの……？」

「私ね、カゲロウの手伝いをしてるんだよ。小野のオジサンにも許可はもらってる。新人の世話役ってわけ。不慣れだけど、がんばってお世話するつもりだからさ」

かがんで視線の高さを合わせ、そっと手を差し出す。

「なにも怖くないよ。一緒にいこう」

「…………」

笑顔で誘う私を、業は少し眩しそうに見ていた。

おそるおそる手を伸ばす。控えめに触れてきた指先を、ギュッと包み込んだ。

「大丈夫。蛍もきっとすぐに元気になる！」

「……うん」

はにかみ笑いを浮かべた業に、なんだか胸がふわっと軽くなった。

私の存在が、傷ついた少年の救いになったらいい。

厚かましいかもしれないけど、そんな風に思っている。

「雪白？　なにしてんだ。急げ」

「はあい！」

ふたりでカゲロウの後を追う。視界の隅に例の神社が見えてきた。

——ともかく、いまはできることをやろう。

人喰いの化け物がウヨウヨしている世界に戻るというのに、心は軽かった。

使命に燃えていたからだ。早くいかなくちゃ。そんな気持ちですらいた。


それから、一時間ほどで幽世へ戻ることができた。

夏の日差しに熱せられていた現世と違い、幽世は冷たい霧に包まれている。花畑の中を流れる川縁で、百鬼夜行に参加していたあやかしたちが思い思いに休憩を取っていた。

「戻ったぞ。みんな」

カゲロウが声をかけると、おおぜいのあやかしたちが顔を輝かせた。

「旦那、おかえんなさい！」

「早かったじゃねえか」

だが、すぐに表情が凍りつく。

ぐったりしている蛍と、満身創痍なカゲロウを目にしたからだ。

「ワタリの旦那！」

やって来たのは、ろくろっ首のお菊さんだ。蛍を見るなり険しい表情になった。

「大変だったみたいだね。えらい弱ってるじゃないか」

「暴走していた。怪我はないようだが、力を使い果たしてしまったんだろう」

「そうかい。なら飯の用意かね。朝の残りの冷や飯があるはずだ。雑炊にしたらいいんじゃないかね。できあがるまで風呂に入れよう。ちょうど湯を沸かしてたとこさ。そこの！　桶《おけ》を用意してくんな。子ども用の着替えもいくつかあったろう。それに、なんだいその火傷。たしかガマの薬がどっかにあったはずさ。用意しておこう」

「頼む」

カゲロウとお菊さんで、テキパキと手配を進めていく。あっという間に、子どもなら浸かれそうなサイズの桶が用意され、たっぷりのお湯が溜められた。あやかしたちの動きはまるで無駄がない。みるみるうちに蛍たちの手当ての準備が整っていった。

「あのっ！　私はどうすればいいですかっ！」

手持ち無沙汰だった私はお菊さんに声をかけた。あからさまに不機嫌そうな顔になる。

「……人間かい。邪魔になるから、隅っこで大人しくしてな」

「手伝います。お世話になるんだし」

「はあ？　小野のオッサンの話を本気にしたのかい。馬鹿だねえ。現世から戻って来なけりゃよかったのに！　いまからでも遅くないよ。誰かに送ってもらいな」

明らかな拒絶。一瞬、たじろいだものの、業と繋いだ手を強く握って耐えた。

「おっ……お菊さんが人間嫌いなのはわかりました！　でも、それとこれとは話が別でしょ？　ねえ、業をお風呂に入れたいの。どうすればいいですか？」

「は？」

「蛍はお願いします。私はこの子の面倒を見るから……」

「ちょ、ちょっと待つんだよ。アンタ、本気であやかしの世話をするつもり。ワタリでもない、ただの人間の癖に？」

お菊さんがちらりと背後を見やった。

いつの間にか、おおぜいのあやかしが集まってきている。巨大な骸骨、がしゃ髑髏。ひとつ目の鬼、毛むくじゃらの生首、しわくちゃの鬼婆、ふわふわ宙を舞う一反木綿《いったんもめん》、やたら重量感があるぬりかべ……。強面が勢揃いしていて、いやに迫力があった。

でも、気後れなんてしていられない。私は彼らにはっきり断言した。

「子どもが弱ってるの。あやかしだとか、人間だとか。関係ないでしょう！」

「おい、聞いたか」

「ああ……」

あやかしたちが動揺をあらわにする。誰もが顔を見合わせて、どことなく不安そうな顔をしていた。捨てられた仔犬みたい。そう感じたのは、私だけだろうか。

——ともかく、いまは業のお世話！　教えてくれないんなら自己流でやろう。

業の手を引いて、湯気が立つ桶に近づいていく。

「よし、まずは綺麗になろっか。服は脱げる？　えっと、ボディソープは……」

キョロキョロと辺りを見回す。目当ての品が見つからずまごついていると、お菊さんが盛大にため息をついたのがわかった。

「ああもうっ！　それじゃ駄目さね。アタシに貸してごらん！」

「わっ、ありがとう。助かります」

「別にアンタのためじゃない。まったく、これっぽっちもわからないで、手を出すんじゃないよ！　ほらほら、石けんはこれを使いな。ちゃんと湯に肩まで浸からせるんだよ」

ブツブツ言いながらも、なんだかんだ世話を焼いてくれる。

——うん。やっぱり、いい人だ。

霧の中で手を握ってくれた時に感じた優しさは、間違いでも勘違いでもなかった。

——人間が嫌いじゃなかったら、仲良くなれそうなのになあ……。

無条件に拒絶されている現状がもどかしい。

お菊さんの人間嫌いの理由は、なんなのだろう？

＊

小一時間ほど格闘すると、業の体はすっかり綺麗になった。

脂まみれだった髪はサラサラ、垢で薄汚れていた体はピカピカである。あちこち傷はこさえていたようだが、大きな怪我はないようでホッとした。

「上出来だ。後片付けをしてくる。飯ができたら呼ぶからね」

お菊さんが去っていく。なんとか無事に初仕事を終えられたようだ。

「蛍、大丈夫か？　寒かったら言えよ」

真向かいでは、カゲロウがもうひとりの少年の世話をしていた。

業よりも弱っている蛍はくったりと身を預けている。火傷の手当てを終えたカゲロウは、あちこち包帯だらけになりながらも、献身的に世話をしてやっていた。

「湯に浸かってさっぱりしたろ。爪も真っ黒だ。後で切ってやるからな。喉は渇いていないか。痛かったなあ。辛かったなあ。もう大丈夫だからな……」

星空を思わせる不思議な色の瞳を細めて声をかける。声色は果てしなく柔らかく、手付きはどこまでもていねいで、顔はとろけそうなほど優しかった。

「カゲロウ兄ちゃんは、あやかしにもすごく親切だよね」

そんな彼を、業も信頼のこもったまなざしで見つめている。

「兄ちゃんがいてくれてよかった。じゃなかったら、僕ら――……」

業の顔にはありありと哀愁が浮かんでいた。なにがあったのか聞いてみたい気もしたが、あまり触れない方がいいかもしれない。

「あ、そうだ。ひとつ聞いてもいい？」

業の体を指差す。少年らしい薄い体の表面には、美しい花模様が浮かんでいる。

「それってタトゥー……いや、入れ墨って奴？　綺麗ね。蛍にも同じ模様が入ってる」

「違うよ。オシャレで入れたわけじゃない。僕らは、道具が変化したあやかしだからね。もともと模様が入ってたんだ」

「へー！　そういえば、君たちってなんのあやかしなの？」

「僕らは化け提灯だよ。僕と蛍。ふたりで一対の盆提灯だったんだ」

「盆提灯って……あれか。綺麗な模様が入った特別なの！」

「そうだよ。一年に一度、先祖を迎え入れるために灯す道具」

まじまじと業の肌に浮かんだ模様を眺める。

蓮華草《れんげそう》に赤い蝶が戯《たわむ》れる構図は実に華やかで、同時に静謐《せいひつ》な雰囲気を持っている。

筆致はていねいで、淡い色使いといい、見惚れるほど美しいと思った。

「すごく素敵な絵だね。提灯だから、明かりに綺麗に透けるんだろうな。見てみたい」

「……！」

業の頬が鮮やかに色づく。

「あの、その」と、ワタワタと小さな手を動かして、業は無邪気に笑んだ。

「じゃあ！　じゃあさ。見てみ――……」

「見え透いたお世辞はよしてよ、人間」

冷たい声が辺りに響く。

ぐったりとしていた蛍が、うっすらまぶたを開けて私を睨みつけていた。

「綺麗だって、素敵だって思うなら、どうして人間はぼくらを捨てたのさ」

ぼろり。大粒の涙が少年の頬を伝う。

幼い見かけには似つかわしくない悲痛な表情に、思わず息を呑んだ。

「蛍。おねえちゃんは悪い人間じゃないよ」

すかさず業がかばってくれたが、蛍は悲しげにかぶりを振るだけだ。

「やだな。ほだされちゃった？　たしかに悪い人間じゃないかもしれない。でも、ぼくらを捨てた人間とほとんど変わらないじゃないか」

「でも……」

「業はいつもそうだ。なにかあると、すぐに人間を信じたがる。いい加減にしてよ。ごみ捨て場で見たでしょ！」

「……！」

業の顔がみるみる青ざめていった。

「なにがあったの……？」

問いかければ、業は悲しげにまぶたを伏せた。

「おねえちゃんと会った日、僕らは友達の付喪神《つくもがみ》に会いにいったんだ。毎年、夏になると商店街の中にある神社に飾られる高張提灯《たかはりちょうちん》でね。いまでも現役のすごい奴なんだけど」

不安げに視線をさまよわせる。小さな手をぎゅうっと握りしめ、震える声で言った。

「人間に、殺されてたんだ」

彼らが目にしたのは、バラバラに解体され、袋に押し込められた友の遺体。

木材と紙で作られた友人は、物言わぬごみとなって集積所で横たわっていた。

「今年も、次の年も、ずうっとずうっと、人間を照らしてやるんだって笑ってたのに！」

悲痛な叫びを上げた蛍は、じんわりと目もとを濡らして続けた。

「去年まで友達がいた場所には、別の提灯が飾ってあった。プラスチックの骨組みに、ビニールを被せて電球を仕込んだ偽物……。ひどいよね。昔ながらの手法で作られたぼくらが扱いづらいのはわかるよ。でも、長いこと使われた器物には心が宿るんだ。人間だってわかってるはずだろ⁉　少し前まで、役目を終えた道具はちゃんと神社でお焚き上げをしてもらえた。お疲れ様って見送ってくれたのにっ！　なのに……！」

怪異を信じなくなってしまった人間は、長く付き合ってきた道具をいとも簡単に捨ててしまう。長年、人に尽くしてきた道具が行く先は——墓場同然のごみ捨て場だ。

「あんまりだよ。ひどいよ。だから……暴走しちゃった」

ぽつりとつぶやいて、不安そうに自分を抱きしめる。

「年々、友人たちの姿が見えなくなる。このまま朽ちて終わるんだって友達の嘆きを聞くたび、古いものが新しいものに取り替えられるのを見るたび——自分が抑えきれなくなるんだ。それでも我慢はしてたんだよ。……でも、友達のひどい姿を見たら我慢できなくなった。ぜんぶ燃やしちゃえって、思ったんだ」

——ひどい。

あまりにも悲惨な話に、言葉も出なかった。

どうしてこんなことに？　人間だって、道具に魂が宿ると知っていたら——……。

——違う。

すべての原因は、私たちにある。非現実的、非科学的だとあやふやな存在を信じなくなってしまった。現世にあやかしの居場所はない。カゲロウの言葉が、真実味を帯びて私の中に浸透していった。

「……燃やしちまえばよかったんだ、ぜんぶ」

あやかしのひとりがつぶやく。気づけば、周囲にいたあやかしたちの雰囲気が様変わりしていた。誰もが瞳に怒りの炎を滾《たぎ》らせ、唾を飛ばして興奮気味に叫んだ。

「そうだ。人間なんて、ぜんぶ燃やしちまえばよかった！」

「お前たち、やめろ」

「ワタリの旦那は黙っていてくれ！　人間のアンタに、生みの親に忘れ去られつつある俺らの気持ちがわかるか？　誰も見向きもしなくなって、な、名前すら——」

カゲロウに苦言を呈したのは、落ち武者のあやかしだ。かつては名のある怪異だったのだろうか。かつてどういう名で知られていたのか——私には見当もつかない。

「殺せ。人間なんて殺してしまえ！」

「なんにも遠慮することはないよ。ぜんぶ燃やしてしまえばいいんだ！」

あちこちで人間への不満が爆発している。

誰もがやりきれない怒りを抱え、そして切羽詰まった様子だった。

――そうか。だから人間は彼らに嫌われているんだ。

人間はあやかしを生み出しておきながら、生きる場所を奪った。あげくに無責任に忘れ去ろうとしている。我が子を自分の都合だけで捨てる親と同じじゃないか。

「待って、待って。ちょっと、みんな落ち着こうか！」

群衆をかき分けて入ってきたのは、小野のオジサンだ。

「まったく。いきおいあまって現世で騒動を起こそうなんて思わないでよね？　また冥界が忙しくなる。ただでさえ人手不足だってのに勘弁してくれよ。人間が嫌なら、無理して現世に居座る必要はないだろ。君らには〝化け仕舞い〟って手段があるんだからさ」

「わかってる。わかってるってば。オジサンに迷惑をかけるつもりなんてない」

小さくかぶりを振った蛍は、泣き続けている業を眺めて言った。

「だから、ぼくたち〝化け仕舞い〟をするって決めたんだ」

その表情は切なげで。子どもには似つかわしくない、くたびれた印象があった。

「……蛍。本当にやるのか？」

カゲロウが訊ねる。

「幽世には、現世で暮らすのを諦めた奴がおおぜいいる。なあ、百鬼夜行に加わったらどうだ。友達や知り合いもいっぱいいる。きっと楽しいぞ」

「それは前に断ったでしょ。ぼくらは人間のそばにいたかった。だって提灯だもの。人に使われてなんぼでしょ。あやかしばっかりの場所は性にあわなくて」

「そうか」

ぽつりとカゲロウがつぶやく。

「もう人間はいいんだな？」

「うん」

問いかけに、少年は無邪気にうなずいた。

「止めたりしないでよ？」

「…………」

視線をさまよわせたカゲロウは、やがて蛍の頭をくしゃりと撫でた。

「わかっている。俺はワタリ。お前たちの面倒は、ちゃんと最後まで見るつもりだ」

「ありがと」

苦しげだった蛍の顔に、ようやく笑顔が戻ってきた。


「私にも手伝わせてくれないかな」

衝動的に声を上げた。

「雪白ちゃん？　いまはちょっと……」

　オジサンは困り顔だ。これ以上の面倒は勘弁してくれと言わんばかりである。だけど、黙ってはいられない。悪いのは、どう考えたって私たち人間だ。

「手伝わせてください。お願いします」

　断固として宣言して、あやかしたちに向かい合う。できうる限り深く頭を下げた。

「――みんなっ！　ごめんなさいっ!!」

　ポカンと固まっている彼らに、想いを言葉に乗せて伝えた。

「謝ったってなんの解決にもならないのはわかってる。幽世に来るまで、私だってあやかしが実在するだなんて信じてなかったから。現世にいる人間はほとんどそう。おとぎ話か作り話だって思っちゃってる。でもさ――私は君たちが実在するって知ったよ。ちゃんと感情があることも、手が温かいことも、悲しくなったら泣いちゃうことも知れた」

　スン、と洟をすすった。

　感情が昂ぶり、どうにも涙腺が熱くて仕方がない。

　泣くな、泣くな、泣くな。自分を奮い立たせながら、震える声で続けた。

「私はぜったいに忘れないよ。君たちを覚えているし、大切にする。捨てたりしない」

　我慢しきれずに、やたら熱を持ったしずくがあふれ出した。

　慌ててすぐに拭うも、なぜだか涙が止まらない。

　理由はわからないが、私の中の〝なにか〟が感情を強く刺激していた。

　――捨てられるのは嫌。誰にも忘れられたくない。

そんな渇望にも似た情動だ。

「ごめんね。ごめん。すごく辛いよね……ごめん、ごめんなさいっ……！」

わんわん泣き出した私に、蛍と業が驚きに目を丸くしている。

「泣きたいのはこっちだよ。なんで君が……」

蛍は呆れかえったようにため息をもらし、

「おねえちゃんは、やっぱり悪い人間じゃないよねえ」

業は無邪気に笑った。

カゲロウはタオルを手に持つと、いやに優しい手付きで私の顔を拭った。

「わかった。わかったから。手伝ってもいいぞ。約束だしな」

「ほ、ほん、とうに……いいの？」

「ええい、しゃべるな。洟をかめ。すごい顔になってるぞ」

ちょっぴり不機嫌そうな顔をしたカゲロウは、くすりと口もとを緩めてつぶやいた。

「……お前は変な奴だなあ。本当に」

キョトンとしている私をよそに、あやかしたちへ号令をかけた。

「ともかく〝化け仕舞い〟の準備だ。舞台を整えておいてくれ。俺はふたりの〝心残り〟を解消しにいく」

「〝心残り〟って……？」

「儀式に臨む前に、ちょっとした願いを叶えてやるのが慣習でな。儀式に集中するためのまじないみたいなものだ。美味いものを食べたいとか、いきたい場所だとか……」

「あっ、それなんだけど！」

蛍と業が笑いあっている。元気いっぱいの様子で業が言った。

「前からふたりで話し合ってたの。僕らね、提灯がいっぱいある場所にいきたい！」

「だね。できれば人間がたくさん集まっているといいな」

「なんだ、まだ人間を燃やすつもりか？」

「まさか！　違うよ。知ってると思うけど、提灯ってすごく綺麗なの。だから──人間が見てるところを眺めたくって」

へへへ、と蛍が照れ笑いを浮かべる。

「人間を憎くは思っているよ。でも、やっぱり……完全には嫌いにはなれないんだ。ぼくらを生み出したのは人間だもの」

いじらしい。ひどい仕打ちを受けながら、彼らの想いはどこまでもまっすぐだ。

「しかし、提灯がいっぱいあるところか……。小野さん、知ってますか」

「いや、僕はそういう方面は疎くてねえ」

男ふたりが首を傾げている。

他のあやかしたちも、適当な場所が思い浮かばずに渋い顔をしていた。

──あ～～～っ！　もうっ！

「スマホ持ってますよね。貸して！」

焦れったく思った私は、カゲロウの手からスマホをひったくった。

「こんな時、文明の利器を使わなくてどうするんですか！」

「……ネットか。検索するって手があったな」

「普段、スマホってなにに使ってるんです？」

「基本、小野さんとの定期連絡だろうか」

「うっそ！　それってガラケーで事足りるじゃないですか！」

ブツブツ文句を言いながら、手早く検索サイトを開く。うわ、本当に電波が届いてる。

驚きながらも、ふたりの要望に合致しそうな情報を見つけ出した。

「わ、これすごくないですか。十日後の夜からですって。どうかな？」

「これは……！」

「でも、遠くない？　新幹線移動だ。君らにできるの」

「いまは乗り換えの情報なんかもサイトに載ってるんですよ、ほら！」

「知らなかったな」

「僕も」

なんだろう。この時代遅れ感。感心しきりのふたりに嘆息する。

「業も蛍も消耗してますし、カゲロウだって火傷の治療があるでしょ。体力を戻してからいくのにちょうどいい頃合いだと思うの。あとはお金の問題だけなんですけど——」

お金の匂いがプンプンするオジサンに、ちらっと視線を投げる。

彼は小さく苦笑して胸を叩いた。

「大丈夫、僕が出そう。経費で落ちるし！」

「やった！」

「無駄遣いしないでよ～。経理に怒られるのは僕なんだから」

ボヤいている小野のオジサンをよそに、少年たちに声をかけた。

「蛍、業！　楽しみだね！」

「「うん！」」

さっきまで悲嘆に暮れていた少年たちが、いまはあどけない顔をほころばせている。

――彼らの心が少しでも軽くなればいいんだけど。

〝化け仕舞い〟がどういう儀式かは知らない。

けれど、彼らが安心して臨めるように、できるかぎり手助けをしたいと思った。

＊

目的の場所は秋田《あきた》県にあった。

十日後、新宿から東京《とうきょう》駅まで出て、秋田新幹線に乗り込む。秋田へ向かうこまちは全車指定席だ。人間に蛍と業の姿は見えないはずだけど、彼らのぶんの席も買ってある。

新幹線が動き出すと、ふたりは窓にべったりくっついて興奮した様子だった。

「ふおお。すっごく速い」

「びゅーんって、景色が流れていくよ!?」

きゃあっ！　と歓声を上げる。ふたりが無邪気にはしゃぐ姿は微笑ましかった。

「駅弁とお菓子もあるよ。カゲロウが買ってくれたんだ。ジュースはどれを飲む？」

「た、食べていいの……」

「人間のご飯!?」

ビニール袋を覗きこんで目を輝かせるも、とたんに困惑の表情を浮かべた。

「いっこだけ？　ふたつは駄目かな」

「選べないよ……」

「好きなだけ食べなよ」

私の言葉に「やったー！」と、少年たちは大喜びだ。いきおいよく袋に手を突っこむ。美味しそうなお菓子や駅弁を見つけては、そのたびに目を輝かせた。

「ぽ、て、と、ちっぷす、だって！　美味しい！　別の味もあるの？　すごい」

「甘酸っぱいお水って、ぼく初めてかも。なにこれ美味し〜！」

「一気に食べると、お腹痛くなるかもよ？」

「大丈夫だもん！」

「本当に〜？」

私たちがワイワイはしゃいでいる一方、カゲロウはじっと窓の外を眺めていた。

自然豊かだった景色が都会に変わっていくにつれ、期待は膨らんでいった。

すべるように新幹線は駅舎へ向かっていく。

「ほら、もうすぐ着くよ」

『まもなく秋田。秋田に到着します』

「いや……」

「どうしたの？」


秋田駅に到着したのは、遠い空が黄昏色ににじみ始めた頃。

駅からおおぜいの人が出てくる。目指す方向は、ほとんどの人が同じだ。どこからか祭り囃子《ばやし》が聞こえた。あちこちに飾られたのぼりが、否応なしに気分を盛り上げてくれる。

「おねえちゃん。竿燈《かんとう》まつりの会場ってあっち？」

「えっと。そうみたい。ちょっといったところにある大通りだって！」

提灯がたくさんあって、人が集まるところ——

ふたりの希望に、この祭りはまさに打って付けだった。

竿燈まつりは、東北三大祭りのひとつだ。厄除けや五穀豊穣を祈る夏祭りで、江戸時代、宝暦《ほうれき》年間の頃には原型とされる祭りがあったのだとか。

長い竹竿の先に、四十六個もの提灯を下げるのが特徴。常人じゃぜったいに抱えられないような数の提灯を、たったひとりで持ち上げる。秋田じゅうから集まった達人たちが、いろんな技をお披露目してくれるそう。時には竿を倒してしまう人もいたりして、ドキドキハラハラ、観客も一緒に楽しめるお祭りだ。

「よく知ってるね。おねえちゃん物知り！」

「ふふふ。そうかなあ」

——まあ、ぜんぶ検索で得た知識なんだけど。

ちょっぴり自慢げにしていると、ソワソワしっぱなしのふたりが私に言った。

「お祭りっていろんな屋台が出るんだよね？」

「なんか、ご当地ぐ、る、め……ふぇす、ふぇすてぃばる、とかもあるみたい！」

「人間のお祭りなんて久しぶり！　遊び方を教えてよ！」

——遊び方、かあ……。

正直、困ってしまった。

「ごめん。あんまし力になれないかも……」

「なんで？」

「えっと。なんでかわかんないけど。たぶん、私——」

ぽり、と頬を指でかく。

「お祭りに来たことないみたい」

ポカン、と少年たちが口を開けたまま固まった。

「人間の癖に？」

「ウッ」

　容赦のない言葉が胸に突き刺さる。

　たしかに変だと思う。だけど、どう記憶を探ってみても、祭りを楽しむ方法なんて思い出せなかった。逆に、お祭りに対する猛烈な憧れというか、心沸き立つ感じはすごくあるのだけれど。……そんなの、なんの役にも立ちやしない。

「……ごめん」

　気まずい沈黙が流れる。

　なんとも言えない空気を打ち破ってくれたのはカゲロウだった。

「俺が案内してやろう」

「「本当にっ!?」」

「カゲロウはお祭りに来たことあるの？」

「そう頻繁にではないがな。普通に楽しむだけなら問題ないだろう」

　おもむろにカゲロウが天を仰いだ。

　じょじょに夜の気配が強くなってきてはいたが、いまだ空は薄明るい。

「祭りは夜が本番だ。暗くなるまで屋台で遊ぶか。金なら小野さんからもらってある」

「「やったー!!」」

「新幹線であんなに食べただろう。食い過ぎるなよ」

　大はしゃぎの私たちに、カゲロウはクスクス笑った。

それから、目につくものすべてを味見していった。

たこ焼きに焼きそば、綿飴、林檎飴、屋台ご飯の定番に、秋田のご当地ご飯。

食べるだけじゃない。遊びだってたくさんした。型抜きに千本くじ、射的に輪投げ。人間に蛍たちの姿は見えないから、カゲロウにやってもらったんだけど。

「嘘でしょ。ちゃんと狙ってよ！　兄ちゃん!!」

「うわ、もうちょっとだったのに〜！」

「あはは。カゲロウってば絶妙に下手だなあ」

「お前ら、ほんと好き勝手言いやがって……」

ケラケラ笑いながら、会場をあちこち歩き回る。

本当に楽しかった。笑いすぎてお腹が痛くなっちゃうくらい。

お祭りってこんな感じなんだ。すごいな。面白いな。

どうして、過去の私はお祭りにこなかったんだろうな……。

疑問を抱きつつも、見ないふりをする。考えたって仕方がない。きっとなにかの事情があったのだろう。いま重要なのは蛍と業だ。

「楽しいね、業！」「そうだね！　蛍」

──一緒に来られてよかったなあ……。

祭りを満喫しているふたりの様子を眺めて、とても嬉しく思った。

やがて世界が宵闇《よいやみ》に染まりきった頃。本会場では、「夜本番」が始まった。道端を観客が埋め尽くす中、祭りに参加する団体が一堂に会する。大通りに竿燈がひしめいていた。その数、およそ二八〇本。見渡す限り竿燈が連なる光景は圧巻だった。

「すご……」

見上げるほど高い竿の上部で、いくつもの提灯が揺れている。

蠟燭《ろうそく》の淡い黄みがかった灯火が、ちら、ちらと闇夜を照らしていた。

差し手と呼ばれる男たちが、絶妙なバランスで、肩や手のひら、腰に竿燈を差す。

「ドッコイショー！　ドッコイショ！」

そのたびに、賑やかな掛け声が辺りに響き渡った。

いまや会場はさまざまな音で満ちあふれている。賑やかな太鼓の音、涼しげな笛の音、誰かの笑い声、拍手の音……。そのどれもが心地よく鼓膜を震わせる。

観衆が見つめているのは、夜空に浮かぶ提灯たちだ。

黄金色に染まった提灯は、まさに収穫期を迎えた秋の稲穂を思わせた。

人々の豊穣への願いが詰まった美しい光景だ。

「綺麗」

するりと素直な感想が口を衝いて出る。

ぽうっと祭りの光景を眺めていると、誰かが袖をひっぱった。

振り返ると業と蛍がいた。彼らは期待がこもったまなざしで私を見上げている。

「ねえ、提灯って綺麗だよね？」

少年たちの大きな瞳に、竿燈の明かりが映っていた。

昏い海に揺蕩《たゆた》う朧気《おぼろげ》な燐光《りんこう》。幻想的な姿に、思わず口もとがほころんだ。

「お世辞なしに、すっごく綺麗！」

「やったね、蛍ッ！」「やったよ、業〜!!」

ふたりは、パタパタ足を踏みならして、ほっぺたを林檎みたいに染める。

小さな手を絡めると、顔を寄せ合ってコソコソ話し始めた。

「でもさ、何個か消えてる提灯があるね。明かりも弱くて元気がない」

「風があるから仕方ないけど、ちょっとね」

にいっと、悪戯っぽい笑みを浮かべる。

「「おねえちゃんをもっと喜ばせたいよね!!」」

コクリとうなずきあったふたりは、とつぜん道路へ飛び出した。

「お、おいっ！」

カゲロウが焦った声を上げる。

ふたりは私たちの方を振り向くと、「見てて！」と雑踏に消えていった。

——びゅおうっ！

とたん、一陣の風が会場内を吹き抜けていく。

何事かと思っていると、ふいにすべての提灯の明かりが消えた。

「なに……!?」

祭り囃子が止まる。異常に気がついた人々が呆気に取られて口を閉ざすと、会場が静まり返った。すると――

「『おねえちゃん、見て！』」

ふたりの声がしたかと思うと、辺りいちめんの提灯がいっせいに灯った。

それも、先ほどまでとは比べものにならないほど強く光っている。

ひとつひとつが満月のように眩しく、美しい黄金の光を周囲に放っていた。

「わあっ……！」

「すごい。なにこれ、新しいイベント!?」

人々がいっせいに歓声を上げた。鼓膜がビリビリ震えるほどの声。誰もが感動で目を輝かせ「綺麗ね」「すごい」と、闇夜に浮かび上がった光景に見入っている。

「どうだった？」

呆気に取られていると、いつの間にか少年たちが近くに立っていた。

フラフラとふたりに近づく。膝を折って彼らと視線の高さを合わせると――

「感動して泣けてきちゃった」

泣き笑いのまま、強く、強く抱きしめてやった。

「大成功だね」「うん！」

腕の中に閉じ込めた少年たちがクスクス笑っている。

「おねえちゃん、ありがとうね。これで、いい〝化け仕舞い〟ができそう」

ぽつりとつぶやいた蛍の声には、安堵の色が強くにじんでいた。

＊

翌日、〝化け仕舞い〟を行うために私たちは幽世に戻ってきた。

「ホテルの朝食バイキング、楽しかったねえ」

「うん。〝べっど〟に寝たのも初めて。すっごくふわふわ！」

「帰りに食べた駅弁も美味しかったな……」

他愛のない話をしながら歩いていると、儀式の会場が視界に入ってきた。

場所は、百鬼夜行と出会った彼岸花畑だ。石舞台……とでもいうのだろうか。花畑に埋もれるように平べったい大きな石が設置されていた。中央に大きな木材を井桁《いげた》型に組んである。摘みたての彼岸花が飾られ、鮮やかな紅が舞台を彩っていた。

太陽は沈み、大きな月が空に浮かんでいる。月光で照らされた舞台は神々しくもあった。

──ここで、儀式をするの？

想像したよりも厳かな雰囲気に戸惑う。

「「おねえちゃんっ」」

振り返ると、いつの間にか着替えた少年たちがいた。

「似合う？」

彼らがまとっていたのは、白一色の装束だ。とても似合っている。少年たちがはしゃぐ姿は可愛くて、頬がほころんだ。きっとみんな微笑ましく思っているはず――

「……あれ？」

違和感を覚えて眉根を寄せた。

他のあやかしたちの表情が、どうにも優れなかったからだ。

「蛍、業。綺麗なおべべを着られてよかったじゃねえか」

「だねえ。とびっきりかっこいいよ」

源治郎やお菊さんが、少年たちをぎゅうっと抱きしめている。

その後も、入れ替わり立ち替わり、あやかしたちが蛍と業に声をかけていった。親しげに言葉を交わし、時には抱きしめ、そして最後にこう言うのだ。

「気をつけていってこいよ」

なんだか様子がおかしかった。

まるで、少年たちがどこか遠くへいってしまうような――？

「おねえちゃん」

瞬間、袖をひっぱられた。業と蛍だ。視線を交わすと、なにかを差し出した。

「これあげる」

小さな鈴だ。振るとちりちり軽やかな音がする。その音色は聞き覚えがあった。

ふたりと初めて会った日、カゲロウと私を導いてくれた音だ――

「〝導きの鈴〟って言うんだ。相手を想って鳴らせば、必ず音色が届く。ワタリがね、現世で生きるあやかしのためにって作ってくれた道具なんだよ」

「そんな大事なもの、受け取れないよ」

すかさず返そうとすれば、少年たちはかぶりを振った。

「いいのっ！　ぼくらにはもう必要ないから！」

顔を見合わせると、笑顔でこう私に告げた。

「「鈴がおねえちゃんを守ってくれるよ！」」

蛍と業が石舞台に駆け上っていく。

――どういう意味……？

少年たちの背中を見つめていると、すぐ横を誰かが通り過ぎていった。

小野のオジサンだ。ハイブランドのスーツではなく、黒の衣冠単《いかんひとえ》をまとい、しずしずと歩んでいる。その姿は堂々としていて、どこまでも真剣だった。

――なんか普通じゃないよね？

やけに厳かな雰囲気に、焼けつくような焦燥感を覚えた。

「ね、ねえ。カゲロウ！　どういうこと。〝化け仕舞い〟ってなにをするの⁉」

「前にも言っただろう。ワタリはあやかしの世話役だ。最初から、最後まで――きちんと面倒を見る」

夜空に似た瞳をした青年は、物悲しげにまぶたを伏せた。

「〝化け仕舞い〟は〝化けごとを仕舞う〟という意味だ。人に生み出されたあやかしが、今生の終わりを迎え、次の生に向かうための儀式」

「……ッ！　それって」

──蛍と業が死んじゃうってこと……？

息を呑む。その間にも、着々と儀式は進行していた。

石舞台の上に蛍と業が立っている。彼らを見上げたオジサンは、淡々と訊ねた。

「もう、思い残すことはないね？」

コクリ。少年ふたりがうなずいた。

「お疲れ様」

オジサンは、少し寂しそうにつぶやいたかと思うと、くるりと背を向け──

「かのモノたちを輪廻へ送り奉り候！」

ドン！　と足を踏みならした。

「なに!?」

とたん、石舞台が淡い光に包まれた。

全体を照らしていた光は、じょじょに天に向かって収束していく。

しばし光に見とれていた蛍と業は、うなずきあって積まれた木材に触れた。

真っ赤な炎が噴き出す。新宿で蛍が暴走していた時のような炎だ。あっという間に少年たちの体を包んで、辺りに猛烈な熱気を撒き散らし始めた。

「駄目っ!!」

慌ててふたりに駆け寄ろうとする。

——あの子たちを助けなくっちゃ……!

先日、新宿で見た炎は、蛍自身を傷つけはしなかったのに、なぜかそう思った。

彼らの小さな体が、じょじょに炎に溶けていっているように見えたからだ。

「蛍っ! 業————っ!!」

「やめろ。邪魔をするんじゃない」

「なんで止めるのっ!」

思わず責め立てた私に、青年はかぶりを振った。

「ふたりが選んだんだ。俺たちに引き留める資格はない」

歯を食いしばり、それでも燃えさかる少年たちから目をそらさず、カゲロウは続けた。

「あやかしに決まった寿命はない。体が無事なかぎりは、いつまでも存在し続けられる」

「ならっ……!」

「だからこそ、終わりの時も自分たちで選ぶんだ! 人間に友人を殺され、おおぜいの仲間の居場所を奪われ、業も蛍も現世に留まる意義をなくしてしまった。……だから、次の生へ進む。人間と違って、あやかしに冥界で償うべき罪はない。すぐに輪廻の輪に加われる。だから——祝ってやるべきなんだ。新しい門出を」

すべては人間が犯した罪のせいだ。

そう言われている気がして、なにも言えなくなった。

「ふふっ！」

ふいに笑い声が聞こえた。

場にそぐわない明るい声を上げたのは、炎に包まれた少年たちだ。

「心配してくれてありがとうね、おねえちゃん」

「業も、ぼくも嬉しいよ」「不思議だね。人間なのにねえ」「ほんとにね」

顔を見合わせてクスクス笑う。轟々と燃えさかる炎の中で笑う少年たちの表情は、どこまでも穏やかだった。それが、胸を掻きむしりたくなるくらいに痛々しい。

「いまだって提灯を必要としてくれている人はいるよ！」

必死に叫ぶが、彼らはただ微笑むだけだった。

「僕たちはね、欲張りなんだ」

「みんなが愛してくれなくちゃ嫌なんだよ」

ごめんねと謝って、互いに目を合わせてくすりと笑った。

「でも、最後に雪白おねえちゃんと会えてよかったよね」

「うん。やっぱり人間って温かいってわかったもん」

「もっと早く出会えてたらよかったのになあ」「だねえ」

しみじみ言葉を噛みしめ、手を繋ぎあう。

まっすぐ私を見つめたふたりは、どこまでも晴れやかな様子で言った。

「いっぱい遊んでくれて、ありがと！」

「ばいばい。おねえちゃん！　大好きだよ……！」

大きく手を振る。

瞬間、いっそう強く炎が燃え上がった。

「……あ……！」

思わず手を伸ばす。

ふたりを中心に炎が渦巻いた。熱風は彼岸花畑を渡っていき、紅の花弁を上空に巻き上げる。少年の体は、ほろり、ほろほろと炎に溶けて、周りと同化していった。

やがて、ふたりを溶かしきった炎は、二匹の蝶を生み出した。

焔の羽をはばたかせ天へ昇っていく。ときおり、お互いの位置を取り替えながら、ふわふわと遊ぶように、どこまでも高く、高く——大きな月へ向かっていった。

蝶の姿が見えなくなった頃。

風に巻き上げられた彼岸花の花びらが、雨のように降りしきっている。

あやかしの〝死〟に初めて居合わせた私は——

呆然と空を見上げ、涙をこぼすことすらできないでいた。

＊

「大丈夫か」

カゲロウが声をかけてくれた。

「……ねえ。いったい、どれだけのあやかしが〝化け仕舞い〟をしてきたんですか」

震える声で訊ねると、どこか不機嫌そうな声が返ってきた。

「数えるのはとうにやめた」

深々とため息をこぼす。彼の声には諦念《ていねん》がにじんでいた。

「古いモノを捨てて新しいモノへ切り替える。これが人間の本質だ。きっと、これからも繰り返されるだろう。数えてなんかいられるものか」

「あ、あんな姿を、カゲロウは何度も見てきたんですか……？」

「当然だ。仕事だからな」

ただ世話をするだけじゃない。

ワタリという仕事の意味を思い知って、思わず口を噤んだ。

「これからどうする？」

カゲロウが真剣な声で言った。

「手伝いを続けるつもりなのか。ワタリの仕事は見てのとおりだ。仲がいい奴がいなくなるのはキツいだろう。無理をする必要はないんだ。記憶が戻るまで面倒は見てやる。タダ飯ぐらいでも文句は言わないが」

「でも……」

ありがたい申し出ではあるが、さすがに気が引けた。

だけど、消えてしまった少年たちを思うと、簡単には判断できなくて。

――どうすればいいんだろう。

助けを求めるように、背後に立った彼を見やった。

「あ……」

わずかに目を開く。カゲロウの頬に涙が伝った跡を見つけたからだ。

燃えさかる炎の中、蛍を抱きしめていたのは誰だった？

あちこちに火傷を負いながらも、懸命に蛍の世話をしていたのは――カゲロウだ。

悲しんでいるのは、なにも私だけじゃない。

カゲロウの後ろには、おおぜいのあやかしが居並んでいた。誰もが、強ばった顔をして私を見つめている。人間と同じだ。怒る時もあれば、不安になる時もある。

ううん、むしろ人間よりも生々しい感情をぶつけてくる、裏表がない素直なモノたち。

彼らを生み出したのは人間。私もそのひとりだ。

ちゃんと責任を果たさなくちゃいけない。そんな気がしていた。

「手伝わせてください」

「本当にいいのか」

「はい」

「なら、ちゃんと俺の指示を聞くんだぞ」

くしゃり。カゲロウは優しい手付きで私の頭を撫でて――強く私を抱きしめた。

「……！」

鼓動が跳ねる。服越しにカゲロウの温度が伝わってきた。

思ったよりも筋肉質な体。いい匂いがする。どく、どく、どく、どく。オーバーヒートを起こしそうなくらい、心臓が激しく脈打っていた。

「カ、カゲロウ……？」

「泣いてもいいんだぞ」

少し低い声が、じん、と鼓膜を震わせた。

「ひどい顔だ。本当は泣きたいんだろう。我慢は体に悪いぞ」

大きな手が、リズミカルに私の背を叩く。

石舞台の祭壇では、いまだ轟々と炎が燃えさかっている。

炎の中に少年たちの面影が見えた気がして、私はくしゃりと顔を歪めた。

「せっ、せっかく仲良くなれたのにな……」

可愛くて無邪気な彼らと、もっとたくさんの思い出を作れると思っていたのに。

もう二度と会えないのだと思うと、みるみるうちに視界がにじんだ。

「業、蛍……」

『おねえちゃん！　大好きだよ……！』

去り際にもらった言葉が、頭の中で何度もリフレインしていた。

「うあ、あ、あああああああ……」

カゲロウにしがみついて、周りの目を気にせずに泣く。

――幼い少年たちとの突然の別れ。

それが、なりゆきで世話役をすることになった私の〝意識〟を――

確実に変化させていた。

第二章

餞別は鳥の歌声と共に

百鬼夜行にまぎれこんでから、二ヶ月ほど経った。

彼岸花畑から離れた私たちは、尾根伝いに旅を続けている。

なぜ旅をしているのかというと、あやかしは群れると行列をなす習性があるからだ。

現世に居場所をなくした者、みずから幽世で生きると決めた者——

日本各地から集まった異形たちは、誰が指示したわけでもないのに、自然と連なって歩き出す。一箇所に留まり続けることはあまりない。特にいくあてもないのに、ひたすら旅を続けている。百鬼夜行の運行をサポートするのも、ワタリの仕事だ。

とはいえ、いちおう決まったルートはあるらしい。

幽世には龍脈《りゅうみゃく》に沿うように街道が整備されていた。龍脈とは、地中を流れる〝気〟の道のこと。日本列島を縦断するように存在していて、多くは山脈沿いにあるという。行程のほとんどが山道だ。とうぜん険しい勾配が続く場所も存在するが、あえてその道を進むのは、龍脈に流れる〝気〟が、癒やしを与えてくれるからだ。

……本当に？　正直、科学的な文化に親しみすぎている私には、理解が難しい話だった。けれど、人間に生活圏を追われ、傷ついた彼らは実際に幽世をさまよい続けている。おおぜいで練り歩き、新たな仲間を加え、時に〝化け仕舞い〟で、輩《ともがら》に別れを告げ——

少しでも癒やされようと龍脈をなぞる。

そのための〝旅〟だ。

それだけわかれば、きっとじゅうぶん。

人間である私は、彼らになにができるだろう。

その日、百鬼夜行は尾根の途中にある開けた広場で野営していた。

切り立った山々に囲まれた場所だ。標高が高く、眼下に雲海が広がっている。柔らかそうな雲の絨毯が風に遊んでいた。つがいの小鳥が風に乗って戯れている。空はどこまでも広く、岩山は凜々しい姿を晒していた。水墨画を思わせる風景。幽世の景色は、違うようでどこか現世と似ている。

「ま、これだけあればじゅうぶんだろう」

「そうですね」

現世への買い出しから戻った私たちは、荷物を置いてホッと息をもらした。

カゲロウの息が白くけぶっている。いまは十月の中頃。秋の気配がし始めたばかりなのに、標高が高いからかキンキンに冷えていた。すっかり火傷が癒えたカゲロウは、ツンと尖った鼻先を赤く染めている。

「寒そう！　マフラーとか持ってないんですか？」

「すぐに火に当たるから、大丈夫だ」

ちらりとカゲロウが私を見る。

「お前は――……」

なにか言いかけて、すぐにやめた。

「いや、なんでもない」

そっと視線を外されて、思わず首を傾げる。

「なんですか。はっきりしないなあ」

肩をすくめて、ため息をもらす。地面に並べた荷物を眺めて渋い顔になった。

「すごい量ですね。運ぶの大変だった！　ここに五日くらい滞在するんでしたっけ？」

食料品に、細々とした生活用品。百鬼夜行は大所帯だ。幽世を旅する時は、あちこちに点在する古井戸を目指しているので、そんなに買い込む必要はないのだけど、長期滞在ともなれば、とんでもない量の買い出しをしなければならない。

「仕方ない。向こうの尾根から、別の百鬼夜行が来ているらしいからな。狭い山道ですれ違ったら危ない。しばらくは待機だ」

「そういう情報って誰からもらっているんです？」

「小野のオッサンだ。俺たちは冥府のサポートを受けてる。資金の提供もな」

へええ。感心しながら、ふと疑問を口にする。

「あのオジサンってお役人なんですっけ。冥府って死んだ人がいくところですよね？　なんでそこがまた、あやかしの行列に関わってくるんです？　関係ないような——」

「そうでもない。奴らはあやかしを管理する義務を負っているんだ」

百鬼夜行の管理は、幽世と現世のバランスを保つのに重要らしい。

「あやかしは人にはない能力を持ってるだろ。相手の思考を読み取ったり、誰かを呪ったり、火の玉を飛ばしたり……。そんな奴らが現世にあふれたら、どうなると思う？」

「……確実に大混乱に陥るでしょうね。常識が変わっちゃうかも」

「だろう。場合によっては悪事に利用されるかもしれないな。世間的には〝いない〟と思われている奴らだ。戦争なんかでは重宝するだろう」

「そ、それって……」

コクリと生唾を飲みこんだ私に、カゲロウは苦々しい表情で続けた。

「過去にもいろいろあったんだ。結果、日本政府と冥府の間で秘密裏に条約が交わされた。すべては現世の治安を守るためだ。あやかしを不正に利用した人間には問答無用で厳罰を。違反者の取り扱いに関して日本政府は無条件で目をつぶる。対して、冥府はあやかしを管理する義務を負った。だから、冥府はワタリを雇ってるんだ」

彼らにも、いろいろと事情があるようだ。

「――なるほど。そうなんですね。正直、難しい話はよくわかんないけど！」

「お前はほんとに……。もっと勉強しろ。勉強を」

適当な返事をした私に、カゲロウが眉間に皺を寄せた。

「ともかく、荷物を運ぶぞ」

「は～い！」

ちなみに、カゲロウ以外にワタリの仕事をしている人間は二十人ほどいる。いま、幽世を巡回している百鬼夜行は五つ。それぞれをワタリの一族が率いていて、家族総出であやかしたちの面倒を見ているグループもあるみたいだ。というより、本来は複数人で仕事をするのが普通らしい。カゲロウがひとりでいるのには理由がある。

黙々と荷物の仕分けをしていると、カゲロウの様子がおかしいのに気がついた。

「……あれ？　なにか隠してません？」

ぴくり、彼の背中があからさまに揺れた。

——怪しい……。

そろそろと正面に回り込む。

想像していたとおりのモノを見つけて、思わずため息をこぼした。

「うわ。また、拾ってきたんです？」

「う、うるさいな」

彼の懐の中には、奇妙な形をした蛇がいた。頭の大きさのわりに体長は短めで、腹部が異様なほど膨れ上がっている。なんかテレビで観たことがあるような……。

「それ、ツチノコでは？」

おそるおそる指摘すると、彼はサッと蛇を手で隠した。

「だったらなんだ。まさか、コイツを売るつもりか……!?」

「馬鹿なこと言わないでくださいよ。どうするつもりなのかと思っただけです」

「そうか」

ホッとした様子のカゲロウは、ツチノコの頭を撫でてやりながら続けた。

「現世で人間に追われていたんだ。だから幽世に連れてきた」

金色の鱗を持ったツチノコは、撫でられると嬉しげに目を細めた。ちろちろと赤い舌を伸ばしている。カゲロウは、うっとりとしたまなざしを手中のあやかしに注いだ。

「落ち着くまで、俺が面倒を見てやるからな」

蛇に傾倒するイケメン――

ここに、彼が単独でワタリをしている原因のすべてが詰まっていた。

「また旦那の癖が始まったよ」

「仕方ねえな。目についたモンはなんでも面倒みたがるのが旦那だし」

通りすがったあやかしたちが笑っている。

――そう。カゲロウは世話を焼きすぎる〝癖〟がある。

困っている相手を放って置けない。自分の手もとに置いて面倒を見たがる。だが、百鬼夜行にとっては、その〝癖〟は非常に厄介だった。許容量があるからだ。しかし、カゲロウは手当たり次第に面倒を見ようとする……。そのせいで、いままで幾度となく同業者とぶつかってきたらしい。もう我慢できないと、仕事仲間に逃げられた経験もあるとか。

結果、単独で百鬼夜行を率いている。

ひとりで抱えられる相手だけ面倒を見るのだと決めて。

――だから、最初に私を見捨てようとしたんだよね。

どんなものも世話を焼きたがる人間にとって、記憶喪失の少女なんて垂涎《すいぜん》ものだろう。

とはいえ、けっきょく私を受け入れてくれた。オジサンの後押しがあったとはいえ、カゲロウらしいというか、なんというか——……。

「幸せそうでなによりです」

「なんか不機嫌になってないか」

「別に」

不機嫌の原因は、蛍たち化け提灯と別れをすませた先日の出来事にあった。

『泣いてもいいんだぞ』

あの時、泣けずにいた私を、カゲロウは優しく抱きしめてくれた。正直、ドキドキしたよね。イケメンからの突然の抱擁である。ふんわり期待しちゃったのは言うまでもない。

……でもあの抱擁には深い意味はなかった。カゲロウの〝癖〟を思えば、おそらくツチノコを抱っこするのと、同程度くらいの感情しか持ち合わせていなかったのだろう。

なのに、私はときめいてしまった。ときめいてしまったのだッ……！

明らかな黒歴史。地面を転げ回りたいくらいに恥ずかしい！

「いますぐ記憶を消したい。旅の恥はかき捨てじゃなかったのッ……!!」

「なに頭を抱えてるんだ……？」

カゲロウが呆れ声を上げている。ツチノコを下ろし、そっと手を伸ばしてきた。

「えっ」

ポカンとしている私をよそに、指先で首筋へ触れる。

男性にしては細くてしなやかな指が、脈を測っているのだと知ったのはすぐ後のこと。カゲロウは両手で私の頬を包むと、ホッとした様子で目を細めた。

「顔が赤いから、熱でもあるのかと思った。大丈夫だな」

「……ッ！」

反射的にカゲロウの手を撥ね退けた。

勢いよく走り出し、手近にあった岩に片足をかけて、遠くに見える山々へ叫んだ。

「イケメンが怖いよー!!　何人の女を誑《たら》し込んできたんだー!!　存在が罪作りー!!」

こわいよー……こわいよー……だー……だー……つくりー……つくりー……。

山々に魂の叫びがこだまする。叫ばなくちゃやってられない。

ぜいはあと肩で息をしていると、背後で誰かが笑ったのがわかった。

「なにを遊んでんだ。嬢ちゃん」

三ツ目の怪僧、源治郎だ。編み笠を指で持ち上げ、苦笑いを隠そうともしない。

「ま、説明しなくともわかるけどな。無自覚な色男ってモンは手に負えねえ」

「げんじろーさんなら、わかってくれると思ってた！」

涙目になっていると、源治郎がやたら辺りの様子を気にしているのがわかった。

「ところで嬢ちゃん。例のものは手に入ったか。頼んでた奴だ」

「……ああ、アレですよね。もちろん買ってきましたよ！」

ニヤリ。不敵に笑った私に、源治郎がコクリと唾を飲みこんだのがわかった。

「これでよかったですか？」

取り出したのは——見るからに怪しい白い粉……ではなく。鼻炎薬とアレルギー用の目薬だ。現世へ買い出しにいった時、カゲロウに薬局で購入してもらったのだ。

「こ、これだよっ!! これっ！」

ひったくるように薬を取る。嬉しそうにパッケージに頬ずりを始めた。

「旅暮らしだと、花粉の季節は本当に辛くってよお……！ やっとぐっすり眠れる！」

「あやかしも花粉症になるんですね」

「当然だろ。しょっちゅう山ん中を歩いてるんだ。杉やらヒノキやらは友達みたいなも……へっぷし！ ああもうっ！ ちくしょうめ!! 助かったぜ。人間様の薬はよく効く。簡単に手に入らないのが玉に瑕なんだが」

「カゲロウに頼めばいいじゃないですか」

「なにを言う。アイツは人間だが、生まれも育ちも幽世だ。しょっちゅう現世に出入りしてるわけじゃねえし、最新の情報に疎い。いつだったか、買い出しを頼んだものの、大阪《おおさか》の梅田《うめだ》とかいう駅から出られなくなったことがあってな」

「それはカゲロウのせいじゃない気がしますけど……？」

悪名高き梅田ダンジョン。あそこでは、地元民ですら迷子になるという。

「いやいや。梅田だけじゃないからな。横浜《よこはま》の近くにいった時だってそうだ。いくたびに駅の構造が変わるから困るなんて言っててよ」

「それもカゲロウのせいかなあ……？」

横浜駅は、日本のサグラダ・ファミリアなんて呼ばれるくらい、長期間にわたって改修を行ってきた駅である。……うん、なんだかカゲロウが可哀想になってきた。

「ともかく、嬢ちゃんがいてくれてよかった。それで――」

薬を仕舞いこんだ源治郎は、どこかふてぶてしい顔で言った。

「なにか聞きたいことがあるんだろ？　そのために頼みを聞いてくれたんだよな」

「……！」

コクリと唾を飲みこむ。そうなのだ。なにも善意で薬を買ってきたわけじゃない。訊ねたいことがあったから、わざわざ御用聞きまでしたのだ。

「あの」

モゴモゴと言い淀む。緊張しながら彼に訊ねた。

「どうすれば、百鬼夜行のみんなと仲良くなれるかなって……」

「なんでおれに？　カゲロウに訊けばいいじゃねえか」

「だって、カゲロウってば〝そのうち仲良くなれる〟としか言ってくれなくて」

百鬼夜行に来てからずいぶん経っている。なのに、あやかしたちとの距離がどうにも縮まっていなかった。

――なんかこう、遠目で観察されてる感じ……!?

まるで檻に入れられた動物の気分。

私と彼らの間に、見えない壁が立ちはだかっている気がしていた。

「正直、もっと仲良くなりたいんです。お菊さんとも……」

お節介で優しくて、姉御気質のろくろっ首。彼女とは、いちばん距離を感じていた。

不慣れな旅生活に戸惑う私に、お菊さんはいろいろ手助けをしてくれた。

だけど、お礼を言う段になると、いつもとたんに距離を取られる。

『やめとくれよ。アンタと馴れ合うつもりはないんだ』

それが無性に寂しい。自分はあやかしと違う存在なのだと思い知らされるようで……。

「なるほどなあ」

怪僧は、ショリショリと髭をこすりながら物思いに沈んでいる。

「ワタリの旦那の言葉はもっともだと思うぜ。〝そのうち仲良くなれる〟だろ」

「ええ……。げんじろーさんまで、おんなじこと言うの？」

「そりゃそうだろ。わかりきった話だ。蛍と業を送った時な、お前さん、おれらのために泣いてくれただろ。そんな奴、嫌いになれる奴はいねえよ」

「……！　そっかあ」

すべては時間が解決してくれる。

でも、もっと手っ取り早い方法を期待していただけに、がっくり来てしまった。

「ま、なにかしらのきっかけがあれば、わかんねえけどな」

「うう」

きっかけってなんだ。どこで売っているの。まるで雲を摑むような話だ。

——どうすれば……。

一向に出口が見えない難題に、途方に暮れてしまった。


トボトボと野営場所に戻る。すると、やけに賑やかなのに気がついた。

「だから頼むよ～！　ね？　来年度の予算、多めに振り分けるようにするからさあ！」

「それを持ち出すのは卑怯だ」

騒ぎの中心にいたのは小野のオジサンだ。カゲロウになにやら頼み事をしている。

「あ！　雪白ちゃんじゃないか！　君からも言ってくれない？　僕の手伝いをしてくれてもいいじゃないかって！」

「えっと。話が見えないんですけど……？」

そうだったねと、オジサンは苦く笑った。

「実は、現世で暴走しかけている子がいるんだ。すでに人間との間で問題を起こしちゃっていてね。人死にが出る前に、できれば幽世に保護したい。なのに、カゲロウくんに断られちゃってさあ。冷たい奴だよね！」

「小野さん、適当なこと言わないでくださいよ。俺だって困っている奴は助けたいと思ってます。でも、今回は導きの鈴が鳴ってない。本当に助けが必要なんですか？」

「鳴らせない事情があるのかもしれないだろ。なんなら確認しにいこう。一緒にさ！」

オジサンは見るからに必死だった。もともと調子のいい人だとは思っていたけど、なんだか様子がおかしい気がする。

「なんか企んでません？」

「やだなあ」

疑わしげな視線を向けた私に、オジサンは薄い色の瞳を細めた。

「なにも企んではいないよ。ただ、個人的に――見過ごせないってだけでさ」

「……そう、ですか」

いつものふざけた様子はない。あまりのギャップに真剣さが伝わってきた。

「私はいいですよ」

「雪白、勝手に話を進めるんじゃない」

すかさずカゲロウが苦言を呈する。彼にまっすぐ向き合った。

「前に言ってましたよね。現世で困っているあやかしを助けるのも仕事だって。臨時ですけど、私だってワタリです。放っておけないですよ」

胸ポケットに意識を向ける。

そこには、少年たちからもらった小さな鈴が入っていた。

「蛍や業みたいに泣いているのかもしれない。……人間として、見捨てたくないです」

「雪白ちゃん……！」

オジサンの表情がぱあっと明るくなった。カゲロウは呆れ気味に嘆息している。

「……わかった。わかったよ。お前だけに任せておけない。ただし、俺の指示をちゃんと聞けよ。勝手な行動は命取りになるからな」

「やった。肝に銘じておくね！」

ニコニコ笑う私の頭を、カゲロウがポンと叩く。

「お前って、あやかしを助けるのに躊躇しないんだな」

唐突な言葉にぱちくりと目を瞬いた。ニッと満面の笑みを浮かべる。

「想いを通わせられるなら、あやかしだって私たちとなんにも変わらないよ」

「……そうか」

カゲロウがうっすらと目を細める。

星空を思わせるその瞳は、どこか優しい色を帯びていて。

見つめられると、ほんのり頬が熱くなった。

――ご、誤解しちゃ駄目だ……。

どうせ深い意味はない。そうは思いつつも、顔がにやけるのを止められなかった。

「じゃあ、さっそく出発しようか！　僕が現場まで送っていくよ。実は、最寄りの古井戸に車を停めてあるんだ。場所は栃木《とちぎ》の湯西川《ゆにしがわ》温泉。あ、幽世に移り住むか〝化け仕舞い〟するかは、本人に確認する感じかな――道中で食べるお菓子も買ってあるからねっ！」

オジサンはウキウキしている。

ずいぶん用意周到だ。最初から断らせる気はなかったらしい――

「ところで、暴走しかけてる子ってどんなあやかしなんです?」

疑問をぶつけると、オジサンはどこか不敵に笑った。

「やだなあ。現世にいる人あらざるモノは、なにもあやかしだけじゃないんだよ。そして、ワタリが世話をするのも怪異だけとは限らない。——神様も対象なんだよ」

「か、神様……!?」

とんでもない話だ。

「うっかり祟られたらどうしよう……」

勝手にイメージを膨らませて青ざめた私に、自称ニヒルなイケオジは「大丈夫、大丈夫」と、茶目っけたっぷりに片目を瞑ったのだった。

＊

「雪白ちゃん。あんな張り切ってたのに、寝ちゃったねえ」

「疲れてたんでしょう。今朝早くから買い出しにいってましたから」

「カゲロウくんも寝ていいんだよ。僕は気にしない」

「そう思うなら屋根を閉めてくれませんかね……」

——古井戸を通じて現世にやって来た俺たちは、湯西川温泉を目指して国道を走っていた。心底うんざりして小野を睨む。メルセデスベンツのカブリオレ。このクソ寒いのに、オープンカーを上機嫌で走らせている男は不敵に笑った。

「久しぶりのドライブなんだよね。僕って昔から高級車とか駿馬《しゅんめ》とか好きでさあ。風を切って走るのが趣味なんだ。暑さ寒さよりもロマン。わかってくれるよね！」

「馬と車を並列で語らないでください。ひとりだけ完全防備のくせに」

吐き捨てるように言うと、温かそうなジャンパーに、垂れ耳つきの帽子、レトロなゴーグル、革の手袋をちゃっかり装備した小野はカラカラと笑った。

現世はずいぶんと秋めいている。びょうびょうと耳もとで風が唸っていた。秋風が容赦なく全身の温度を奪っていく。ガタガタ震える俺に小野はマフラーを投げてよこした。

「使いなよ。僕のせいで風邪を引かれたら困るからね」

「どうも。まったく。俺が寝こんだら、誰が百鬼夜行の面倒を見るんですか」

「またまたあ。雪白ちゃんがいるだろ」

「アイツは臨時の手伝いです。任せられるはずがない。百鬼夜行の奴らがちょっかいを出すんじゃないかって、いつもヒヤヒヤしてるんですよ。こっちは」

「そのわりに、ここ最近の君は楽しそうに見えるけどなあ」

小野の発言に言葉が詰まる。

ゴーグルの奥の瞳を悪戯っぽく輝かせた男は、どこか上機嫌な様子で言った。

「意外と気に入ってるだろ？　雪白ちゃんのこと。思いっきり構い倒すくらいには」

「…………。なんのことやら」

「とぼけないでよ。年頃の女の子に接する距離じゃないとオジサンは思うけどな〜！」

「あのねえ！」

声を荒らげかけるも躊躇する。小野は、すべてお見通しと言わんばかりの表情をしていた。この人とは長い付き合いだが、いつも敵う気がしない。

「……そりゃ大事にしますよ。異形に親しくしてくれる人間は貴重だ」

「それはそうか。幽世で育った君にとって、あやかしは家族も同然だ。親身になって世話をしたいと言ってくれる彼女は無下にできないよね」

「そういうことです」

「ほんとにそれだけ〜？」

「それだけですってば！」

「ふうん」

いったいなにを勘ぐっているのか。なんだか腹立たしくて前方を見つめた。

そもそも雪白とは出会ってまだ二ヶ月だし、彼女は未成年だ。

大人の自分がどうこう思うはずがない。でも——……。

ふと、雪白が垣間見せる寂しそうな表情を見ていると、放っておけなくなる。「どうした？」と顔を覗きこんで様子を訊ねたくなるし、無性に危険から遠ざけたくもあった。

悪癖が加速しているのかもしれない。自重しなければと思いつつも、自然と雪白を目で追っている自分に気づいていた。業と蛍を〝化け仕舞い〟した時、泣き崩れる姿を見てしまったからかもしれない。いつの間にか家族と同じくらい大切に思っている。いわゆる親愛だ。この感情がそれ以上に育つはずは――ない、はずだった。

「付き合わせちゃって悪いね」

ぼうっと物思いにふけっていると、ふいに小野が言った。

「ほんとですよ。というか、やけに必死ですね。なにか事情があるんですか」

「あ〜……」

小野は、気まずそうに視線を泳がせて苦い笑みを浮かべた。

「ちょっとね、なんというか――冥府の仕事をしていると、いろんな魂と出会うんだけどさ。その中のひとりから、どうも気になる話を聞いちゃってね。ひと肌脱ごうかなって」

「……え、たまたま出会った魂のために？　アンタにしては珍しいですね」

「そう？　ほら、僕って小野篁でしょ？　有名だからさ〜。憧れの歌人なんです！　なあんて言われちゃうと、親身に話を聞くしかなくなるよね」

「有名」

思わず噴き出しかけた。

「たぶん、雪白はアンタのこと知らないと思いますけどね」

「え」

ぴしりと小野が固まる。

「嘘。僕のこと知らないなんて冗談でしょ……？」

みるみるうちに青ざめると、やたら早口でまくし立て始めた。

「小野篁と言えば！　平安初期頃に活躍した貴族の官吏で、嵯峨《さが》天皇の大のお気に入り、トントン拍子で出世するも、遣唐使《けんとうし》を断ったせいで隠岐《おき》に島流し！　貴族位を剝奪《はくだつ》されて落ちぶれるものの、有能さを買われて華麗に復活。昼は朝廷、夜は冥府の役人として働いていて、不思議な逸話は数知れず。『宇治拾遺物語』に『小野篁の広才なること』と謳われ、歌人としても超一級、あの白楽天《はくらくてん》にまで認められた僕を知らないって……!?」

「ごていねいにどうも。でも、知らないと思いますよ。歴史に詳しくなさそうだし。そもそも、過去の偉人が冥府の役人をしてるって発想がなさそう」

「おおおおお……！　世も末だ!!」

「小野さん!?　前。ちゃんと前を見てくださいよ！」

車がぐねぐね蛇行し始める。

冷静になれと必死に訴えかけると、ようやく小野は観念したようだった。

「悲しい。すっかりマイナーになっちゃったんだな。百人一首にも歌が残ってるのに」

「まあ、そのうち気づくんじゃないですか」

「だったらいいんだけど」

「そもそも、死んだ後も仕事してるなんて熱心ですね」

「熱心？　いやいや。そうでもないさ。僕ってさあ、有能すぎて病気になっても仕事を辞めさせてもらえなかった過去があって。それが嫌で嫌でねえ！　死んだ後は、なるべく楽をするつもりで面倒ごとを避けてきたんだよ」

「そのわりに、今回の件にはずいぶんと熱心みたいじゃないですか」

小野が口を噤む。ふいに表情が緩んだ。

「いやね。自分と同じような境遇で苦しむ奴を見たら、放っておけなくてさ」

ゴーグル越しの小野の瞳は、どこか愁いを帯びている。

よほど、冥府で会ったとかいう魂の話に共感したのだろうか。

「……意外と面倒見がいいじゃないですか」

「カゲロウくんほどじゃないけどね」

ふたり同時に噴き出す。思いきり笑っていると、前方になにかが見えてきた。

「ほら。あそこが目的地だ」

湯西川温泉郷――その入り口脇に、雑草が生い茂った山道が見える。『この先工事中』『関係者以外、立ち入り禁止』などの看板が並んでいて、どうにも物々しい雰囲気だった。

「あの先に、冥府で会った魂とゆかりがある神様がいるらしい。うまくいけばいいな。できるかぎり、本人の希望に添ってあげたいんだけどね」

車を回しながら、小野は独り言のようにぽつりとつぶやいた。

＊

目的の場所は、鬱蒼《うっそう》と木々が茂る山の中腹にあった。

眼下に湯西川温泉郷が広がっている。建物の陰から、もくもくと白い湯気が立ち上り、風が吹くと硫黄の匂いがする。いかにも温泉って感じでいい雰囲気だ。

でも、私はそれどころじゃなかった。

眠い。眠すぎる。車のシートがふかふかだったせいで熟睡してしまった。

「ふわあ……」

必死にあくびを嚙み殺す。移動中、カゲロウとオジサンがなにか話していたけど、どんな話題だったんだろう……。

「たしかあっちのはずだ。ちゃんとついて来てね」

「はーい」

半分寝ぼけたまま、カゲロウとオジサンの後についていく。すると、向こうから男の人がやって来た。ヘルメットに作業着、明らかに工事関係者だ。

「あれ。ここでなにをしてるの。もしかして観光客？　まさか、事件を聞きつけた野次馬じゃないよね？　やだなあ。動画撮影目的とか困るんだよね、そういうの」

「えっと」

私が答えようとすると、カゲロウが先に口を開いた。

「違います。近くの旅館に泊まってるんですが、散歩していたら迷ってしまって……」

「え。本当に？　立ち入り禁止の看板立ってたでしょ」

「そうなんですか？　見落としたかもしれません。それで、事件ってなんですか？」

「あ、本気で知らなかったんだ。マズったなあ……」

男性は気まずそうに頰をかくと、自分がやってきた方向を指して続けた。

「ここらへん、日帰り温泉施設を新設するために、森を切り開いて平地にする作業をしてたんだけどさ。放棄された社を取り壊す時に事故が起こってね。怪我人が出たんだ。しかも、SNSに事故の動画が流出しちゃってね、いま大騒ぎになってる」

「大変でしたね。あの、それって神様の祟りって奴ですか？」

「まさか！　ちゃんと作業に入る前に地鎮祭《じちんさい》もやったしさあ。そもそも祟りなんてあるわけないじゃない。ホラー映画じゃあるまいし。ともかく早く戻って！　危ないからね」

一方的にまくし立てると、男性はそのまま去っていった。思わず顔を見合わせる。

「……ねえ、いまの話。たぶん、これから会う神様の仕業ですよね？」

「あの人間は気づいてないみたいだけどな」

「とにかくいこうか。本人に話を聞けばいい話だからね」

うなずきあって足を進める。

工事用に整備されたらしき砂利道をひたすら進むと、杉が鬱蒼と生い茂る森に行き当たった。手入れはされておらず、森の中は夜と見紛うほどに昏い。あちこちに無人の重機が放置されていて、なにがしかの工事をしていたのがわかる。

「あった。アレだ」

なにかを見つけたオジサンが、森の中に足を踏み入れた。

「ま、待って！」

慌ててついていく。昏い森は不気味なほど静まり返っていた。パキパキと小枝を踏みしめる音だけが辺りに響いている。なんだか怖い。不安に思っていると——

「……うう。ううう……」

「ひっ!!」

誰かの泣き声がして、思わずカゲロウに抱きついた。

「あ、ごめ……」

慌てて離れようとすると、逆にぐいっと抱き寄せられた。

「危険かもしれない。俺のそばにいろ」

低い声でささやかれ、ボッと顔に火がついたように熱くなる。

面倒見のいいイケメンは強かった。むしろ怖い。

——くそう。わ、私を好きなわけじゃないくせに——！

ひとりで百面相をしていると、ふいにオジサンが声を上げた。

「そこにいるのかい」

彼の視線の先には、朽ちかけた社がある。

虚空に手を差し出したオジサンは、切なそうに語りかけた。

「僕たちは幽世から来たんだ。君の話を聞きたい」

――しん、と辺りが静寂に包まれる。

瞬間、社の陰から誰かが姿を現した。女性だ。

肌は絹のように白く、濡れ羽色の髪を持っていた。目もとには紅を差していて、美しい衣装をまとっているものの、どことなく儚げな雰囲気がある。

女性は悲しげにまぶたを伏せると、どこか投げやりな様子で言った。

「話をするだけ無駄よ。どうせ、あなたも人間と一緒。社を壊すつもりなのでしょう？」

「そんなことないさ。荼枳尼天《だきにてん》」

オジサンの言葉にドキリとする。

――嘘でも冗談でもなかったんだ。

ワタリが世話をするのは、なにもあやかしだけじゃない。

神様のお世話だってするんだ……！

＊

荼枳尼天は仏教の鬼神だ。もともとインド由来で、サンスクリット語ではダーキニーと呼ばれている。平安時代に日本へ伝来し、特性が狐と似ていたことから稲荷信仰の礎《いしずえ》となった。神様に詳しくない私にそう教えてくれたのは、カゲロウだ。

事実、朽ちかけた社のそばには、石のお狐様が鎮座している。荼枳尼天の足もとには、二匹の美しい狐が佇んでいた。秋の稲穂を思わせる豊穣の色に身を包んだ獣たちは、特になんの感情も浮かべず、居並ぶ私たちをじっと見つめている。

「僕は冥府の役人をしていてね。小野篁というんだ。こっちのふたりはワタリさ。静かな森だね。人間たちの計画によれば、ここへ日帰り温泉施設を建てる予定みたいだけど？」

「……らしいですね。勝手だわ。わたくしの社があるというのに」

「君はそれに怒っているわけだ。勝手だという話には同感だよ。工事を始める前に、神職による鎮めの儀はしたと聞いたけど……」

「ああ。アレですか。うるさいだけでした」

「それはそれは！　実力不足だったのかな。君の怒りを払拭するほどではなかった。なんというか――残念だったねえ」

複雑そうな表情を浮かべたオジサンは、ようやく本題に踏み込んだ。

「事故があったそうだね。何人かの人間が怪我をしたらしい。……君の仕業だね？」

茶枳尼天は答えない。しかし、沈黙こそが肯定を表しているようだった。

オジサンがため息をこぼす。どこか苦々しい表情になって続けた。

「君が起こした事件がSNSで話題になっているらしいよ。いまは実に厄介な時代でね。オカルト方面で話題になると、目立ちたいだけの奴らが集まって来るんだ。ねえ、面倒なことになる前に、僕らと一緒にいかないか。社を管理してくれる人間もいないんだよね？幽世へ住まいを移したらどうかな。ワタリが面倒を見てくれる。カゲロウくんは優秀だよ？　今生に区切りをつけたいのなら〝化け仕舞い〟という手もある。心苦しいけどね」

必死の説得に、ぽつりと荼枳尼天がつぶやいた。

「そうですね。ここを参る人間もずいぶん見ていないですし……」

「じゃあ、僕たちと一緒に幽世へ来てくれるかな？」

色めき立ったオジサンに、荼枳尼天は不思議な笑みを浮かべて言った。

「わたくしの社を潰さないでくれるのなら、考えてもいいですよ」

「それは……」

とたんにオジサンの表情が険しくなった。

「社を守りたい。それが、あなたが工事を妨害している理由なんですか？」

カゲロウが問いかけると、荼枳尼天は寂しそうに微笑んだ。

「そうです。これだけは譲れませんわ」

カゲロウたちの話し合いは続いている。話を聞きながら、私はショックを受けていた。

——神様も〝化け仕舞い〟をするなんて。

神ですら、あやかしと同じように忘れられてしまうのだ。いままで、人間はどれほどのものを捨ててきたのだろう。

「きゅうん」

「……ん？」

ふいに甲高い鳴き声が聞こえて、耳を澄ました。

社の近くでなにかが動いている。そろそろと確認してみると——

「小狐だあ……！」

小さなモフモフした毛玉たちが、お互いの体を温めあうように団子になっていた。警戒しているのか、まんまるの瞳で私を見つめている。ツンと尖った耳、もっふりしたしっぽ！　狐というより、なんだか犬っぽくってすごく可愛い！

「茶枳尼天のそばにいるのが、君たちのママとパパかな……？」

自然と笑みがこぼれた。近づいても構わないだろうか。ドキドキしながら歩いていくと、ふと崩れかけた社の中が見えた。ご神体が納められているはずの場所になにかがある。

「なんだろう？」

それは手紙のようだった。和紙を三つ折りに畳んだだけの簡素なものだ。だいぶ色褪せていて古い品だとわかる。崩し字で宛名が書いてあった。とうぜん読めないが、野ざらしに近いというのに、不思議と綺麗な状態だ。

——なんでこんな場所に……？

無意識に手を伸ばす。瞬間、悲鳴のような声が辺りに響き渡った。

「なにをしているの!!　わたくしのものよ、触れないで!!」

茶枳尼天だ。恐ろしい形相で駆け出すと、あっという間に距離を詰めてきた。私の体を石の鳥居に押しつけ、片手で腕を押さえて、もう一方で首を絞めあげる。

「あっ……かはっ……！」

「ワタリっていうから油断していたけど。人間はこれだから嫌なのよ！　いつも、いつも、いつも、いつもっ！　土足でわたくしの領域を踏み荒らしてッ……！」

茶枳尼天の美しい顔がみるみる変わっていく。髪は乱れ、額から鋭い角が生えた。真っ赤な瞳は修羅のようで、鋭い犬歯が覗いた口は大きく、ダラダラと涎がこぼれている。

どこかで見た姿だ。そうだ、能の舞台で使われている般若《はんにゃ》の面と似ている――

茶枳尼天の説明をしていた時、カゲロウはこんなことも言っていた。

彼女はもともとヒンドゥー教の神、カーリーの侍女。人間を喰らう――夜叉だ。

「人間め!!　憎たらしい。殺して腸《はらわた》をすすってやろうか」

「やめろっ！　雪白を離せッ……！」

「落ち着くんだ。彼女を痛めつけてなんになる！」

カゲロウとオジサンが割って入ろうとする。しかし、二匹の狐が行く先を遮った。唸り声を上げて襲いかかる。そのせいで、思うように近づけないようだ。

――苦しい。

ギリギリと鋭い爪が喉に食い込んでいた。知らずに禁忌に触れてしまったらしい。社の中に仕舞われていた書だ。普通に考えて重要なものだろうに――失敗してしまった。

――勝手な行動は命取りになるって、カゲロウに言われていたのに！

あやかしだけじゃない。神だって怒らせれば恐ろしい存在となる。

図らずも、我が身をもって思い知る結果となった。

「許さない！　人間が憎い。どれだけわたくしを傷つけたらすむの！　ああああっ!!」

痛々しい声だった。言葉ひとつひとつに彼女の感情がにじんでいる。憎しみの炎を滾らせる一方で、瞳からは大粒の涙をこぼしていた。鬼のような形相をしていてもなお、彼女の涙はどこまでも澄んでいる。

――この神様も、人間のせいで心に深い傷を負ったんだ。

その事実が苦しくて仕方がなかった。

誰かに捨てられる。それ以上に辛いことなんて――ないと思うから。

「……あ、あな、たも、捨てられちゃったの」

狭くなってしまった気道から、必死に声を絞り出す。

そろそろと手を伸ばした。さらり、変貌してしまった顔を優しく撫で、涙の跡を拭った。

「わ、たし、は。捨てたり、しない」

茶枳尼天の動きが止まる。戸惑うように視線をさまよわせ、小さくかぶりを振った。

「ち、違う。捨てられていない。わたくしは捨てられていないわ……」

明らかに動揺している。手の力を緩めて、だらりと脱力した。

「捨てられてなんか、いないはずなの」

ぽつりとこぼした声は、自信なげだった。

「ゲホッ！　ゲホッゲホッ……！」

ようやく解放された私は、咳き込みながら地面にくずおれた。

「雪白！　大丈夫か」

すかさずカゲロウが介抱してくれる。新鮮な空気を求めて肩で息をしていると、小野のオジサンが荼枳尼天に近づいていった。

「よかったら、話を聞かせてくれないかい。君の力になれるかもしれない」

荼枳尼天は迷っているようだった。状況を見守っていると、ふと荼枳尼天と視線があう。

どことなく泣きそうな顔になった彼女は、意を決したようにうなずいた。

「……わかりました」

そして、ポツポツと過去を語り始めた。

＊

鬼の形相を浮かべていたのが嘘だったみたいに、荼枳尼天は静かな声で言った。

「わたくしの社ができたのは、遠い遠い昔のこと」

平安時代中頃。大陸から渡ってきたばかりの神を祀ろうと決意したのは、新しもの好きの村人で、五穀豊穣を願って社を建設した。いまは寂れてしまっているこの場所も、かつてはおおぜいの参拝客で賑わっていた。参道は整備され、夏には祭りが行われた。人々はことあるごとに社に集まり、境内にはいつだって子どものはしゃぐ声が響いていたという。

「あの頃はとても平和でした。山奥の村は静かで、同じような時間が続いていくのだろうと、なんとなく思っていました」

　だが、時代の流れによって状況は変化していく。

　平安時代も終わりに差し掛かった頃、村に新たな住民がやってきた。

　平家の落人《おちうど》だ。壇ノ浦《だんのうら》の戦いに破れた人々が身を隠すために落ちのびてきた。

「静かだった村が一気に騒がしくなりました。新参者を嫌う村人もいたようですが、近くに温泉を見つけた功績を評価し、けっきょくは一緒に暮らすことにしたようです」

「湯西川温泉には、たしかに平家の落人伝説が伝わっているね」

「アンタは平家の人々を歓迎していなかったのか？」

「いいえ。わたくしは豊穣神。信者が増えるのは喜ばしいこと。ですが……」

　そっと息をもらす。

「あんなことになるなんて」

　平家の落人たちが村へ落ちのびてきてから最初の夏。夏祭りでの出来事だった。

「みんなで揃いの狐面を着けて、歌って、踊って、お酒を飲んで、たまのご馳走に舌鼓を打って……。祭りの賑やかさに誘われて、わたくしもこっそり参加していました」

　人間に化けて祭りに参加する。それが荼枳尼天の密かな楽しみだったという。

「その時に出会ってしまったのです。運命の殿方に」

　夜の湖畔のような、静かなまなざしをした青年だったという。

　名を俊臣《としおみ》。すらりとした長身で、どことなく影がある人だった。

「あのお方の姿を目にした瞬間、雷に打たれたようになって」

「ま、待って。待って、待って、待って！」

思わず制止する。ドキドキしながら茶枳尼天に訊ねた。

「それって一目惚れってこと……!?」

「……はい」

「うわあ……!!」

きゅうんっと胸が切なくなった。すごい。本当に一目惚れって存在するんだ！

「素敵な人だったんですね？」

前のめりになって質問すると、茶枳尼天はほんのり頬を染めて笑った。

「とても。歌を詠むのがお好きで、何編も贈ってくださいました。歌を詠めないわたくしに手ほどきもしてくださって……。村の男たちにはない教養が彼にはありました。遊び心も。俊臣様は笛の名手でいらっしゃって。それはそれは美しい音色で……」

「だけどさ、神が人へ恋をするなんて、普通なら御法度《ごはっと》だよね？」

うっとりと過去を語る茶枳尼天の言葉を遮ったのは、他でもないオジサンだった。

とたんに茶枳尼天の表情が曇る。

「はい。望めば永遠に生きられる神と定命の人間では、なにもかもが違います。想いを通わせても、共にいられる時間はわずか。本来なら諦めるべきでした。でも……」

小さく息を吐いた茶枳尼天は、まっすぐに私たちを見つめて言った。

「みずから別れを告げるなんてできませんでした。ずっと共にいたかったのです。神としての務めを投げ捨ててもいいと思うくらいには、あの人を愛してしまった」

凛とした声には迷いがない。たとえ道を間違えていようとも、誰にも恥じることはないと、恋心を貫こうとする乙女の姿がある。

「……でも、君と彼は袂《たもと》を分かった。そうだね？」

「わ、わかりません。わたくしにそのつもりはありませんでしたから。でも――」

不安げに両手で自分を抱きしめる。

「あの方が戻っていないのは事実ですわ」

茶枳尼天と俊臣が最後に会ったのは、生憎の空模様の日だった。いつもどおり社の前で待ち合わせていた茶枳尼天は、なにも知らず逢瀬を楽しみにしていたという。

しかし、そこへ現れた俊臣は旅装だった。

どこへいくのかと訊ねた茶枳尼天に、彼はこう答えた。

『都に残した家族を迎えにいきます。帰ってきたら、また社で会いましょう』

とたん、カゲロウの表情が険しくなった。

「平家の落人だろう。危険すぎる。引き留めはしなかったのですか」

「もちろん留めました。でも、あのお方の決意は固く――。尊敬しているという歌人の歌をひとつ、わたくしへ贈って去ってしまったのです」

「あ、それって……」

「はい。社に保管していた文ですわ」

まさか、そんなに大切なものだったなんて！

「ごめんなさい……」

しょんぼりと肩を落とすと、荼枳尼天はふるふるとかぶりを振った。

「奪うつもりがないのでしたら、いいのです。わたくしも早合点してしまいました」

穏やかに笑む彼女に救われていると、ふいに荼枳尼天の表情が沈んだ。

「以来、あのお方が帰ってくるのを、ここでずっと待ち続けています」

「……そう、ですか」

思わずカゲロウたちと顔を見合わせる。

――数百年も前の話だ。男性はもう……。

動揺を隠しきれないでいると、荼枳尼天が小さく笑ったのに気がついた。

「わかっていますよ。あの方がすでに亡くなっていることくらい。……でもね？」

ひた、と私を見すえる。どこか凪いだ表情で淡々と告げた。

「あの人の魂が帰ってこない保証はないでしょう？　転生した俊臣様が、わたくしの存在を聞きつけてやってこないとは限らないでしょう？」

叶いそうもない夢物語を一気にまくし立てた彼女は、最後に静かに笑った。

「……だから、社を守りたいのです。ここは俊臣様と再会を約束した場所。この社こそ、わたくしの〝心残り〟。意固地になっているのは理解しています。ですが、取り壊しがなくならない限り、動くつもりはありませんわ」

――このままじゃ、ぜったいに幽世には来てくれないんだろうな。

いちばん好きな人と過ごしてきた場所。思い出が詰まった社を守りたい。

茶枳尼天の気持ちは痛いほど理解できた。だからこそもどかしくて仕方がない。

「ひとつ訊いていいかな。彼はどんな歌を君に贈ったの？」

オジサンの問いかけに、茶枳尼天は悲しげにまぶたを伏せた。

「どんな歌……と言われましても。実はわたくしも一度しか読んでいないのです」

「それはどうして？」

「……その。歌は初心者なんです。まだまだ、しっかり内容を汲み取れるまでに至っていません。万が一にでも意味を読み違えたくなくて。別れの歌かもしれないと思うと……読み返すこともできませんでした」

「そうか。君はとても素直で臆病で……それでいて、素敵な女性なんだね」

オジサンがにこりと笑む。

「僕が読んであげようか。歌には少々覚えがある」

「でも……」

「なにを躊躇する必要があるんだい。相手の意図を知れないままだと、いつまでも落ち着かないだろう？　悪いようにはしないからさ」

逡巡していた茶枳尼天だったが、オジサンの押しの強さに負けて文を渡した。

「じゃあ、失礼して」

破れないように、そっと開く。横から覗きこんでみたけど、ちっとも内容が理解できなかった。ミミズがのたくっているようにしか見えない。というか本当に日本語？

でも――オジサンは理解できるようだった。

「ああ！」

ふわりと表情が和らぐ。茶枳尼天を見つめて、とても嬉しそうに言った。

「恋の歌だよ。間違いない。なにも恐れる必要はないよ」

「そ、そうなのですか？」

「ああ。これはね――」

中に行く　吉野の川は　浅ななん　妹背《いもせ》の山を　越ゑて見るべく

つらつらと歌を詠み上げたオジサンは、目尻に皺をたくさん作って続けた。

「相手との間にある障害を川や山に見立てている歌だよ。自分たちを隔てているものを乗り越えて、もっと仲を深めたいという意味だ。都に家族を迎えにいった後、俊臣くんはいま以上に君と親しくなりたかったのだろうね。少なくとも彼はここに戻るつもりだった」

じわりと茶枳尼天の瞳がにじんだ。両手を合わせて祈るように天を見上げる。

「……嬉しい。ああ、俊臣様！　わたくしを捨てたのではないのですね。あなた様を信じ続けてよかった。ここで待ち続けていたのは無駄ではなかった……！」

茶枳尼天は感激に打ち震えている。

対照的に、私の顔からはさあっと血の気が引いていった。

――すっごく感動的だけど！　これって逆効果じゃない!?

いまの茶枳尼天は、社への執着が更に増えてしまっているようだった。彼女を幽世へ保護し、人間に危害を加えないようにするのが目的だったはずだ。なのに……！

アワアワしていると、オジサンが茶枳尼天のかたわらに立った。

「歌の意味が理解できてよかったね。なら、君は〝化け仕舞い〟をするべきだ」

「え……？」

あまりにも唐突だった。

幽世へ移り住むでもなく〝化け仕舞い〟をするように勧めるなんて。

ポカンと口を開けて固まった茶枳尼天に、オジサンは晴れやかに笑った。

「いやあ。本当によかったな。君が俊臣くんを憎んでいるんじゃなくって！　最初、君が事件を起こしたって聞いた時、自分を捨てた男への恨み辛みを拗《こじ》らせてるんじゃないかって心配したんだよ。でも違った。どこまでも純粋に俊臣くんを想っていただけだ。僕はね――君の意思を確認しに来たんだよ」

オジサンはドンと胸を叩いて言った。

「よし。僕がひと肌脱ごうじゃないか！　約束しよう。君が〝化け仕舞い〟さえしてくれるなら、このニヒルでイケオジで、冥府の役人な僕が――最高の奇蹟を贈るってね！」

ぱちり。茶目っけたっぷりに片目をつむる。

「どうだろうか。かなりいい条件だと思うんだけど？」

茶枳尼天は何度か瞬きをすると、真剣な表情で考えこんだ。

「……そうですね。社さえ守れれば〝化け仕舞い〟をしてもいいと思っています。わたくしを置いて先に逝ってしまった俊臣様への、義理を果たしたと言えるでしょうから」

ふっと表情が緩む。美しい顔にはどこか疲れがにじんでいた。

「もう、ずいぶん待ちました。きっと、次の生に向かういい機会なのでしょう」

「なら決まりだね！」

決断を下した茶枳尼天に、オジサンはどこか満足げだ。

――なんか話がまとまっちゃった……？

呆気に取られていると、カゲロウがボヤいたのが聞こえた。

「待ってくれ。そもそも、社の取り壊しを阻止する件がなにも解決してないんだが」

「それは――君たちに任せる！」

「いやいや。他人任せにもほどがあるでしょう！」

「ええ～？」

オジサンは大仰《おおぎょう》に肩をすくめ、実に調子よく続けた。

「僕にアイディアはないよ。ほらほら、ワタリでしょ。なんとかしてくれよ。じゃないと、なんとかチューバーとか来ちゃうんじゃない？　茶枳尼天に迷惑がかかったら大事だ！　怒った彼女が侵入者を追い払ったりしたら、またオカルトな噂が広がっちゃう」

「そんなことを言われても」

オジサンとカゲロウは侃々《かんかん》諤々《がくがく》とやり合っている。

――なんだかよくわかんないけど、社の問題を解決したら丸く収まりそう……？

呆然と様子を見ていた私は、ハッとして気合いを入れ直した。

――アイディアを出さなくちゃ。私だってお世話役なんだから！

「どうしよう。そもそも社に誰も近づかせなきゃいいんだから……」

ブツブツブツ。ひとり必死に考えこんでいると、ふいにふたりの口論が聞こえた。

「そもそも、なんとかチューバーだかが来るかわからないじゃないですか。悪ふざけで神の領域を侵す愚かしさを、人間も知っているはずですよ！」

「そうかな～？　ぜったいに来ると思うね。いまの人間はさあ、こわ～い神様が実在する、なんてちっとも信じてないんだから！　困った時は神頼みするくせにね」

「あっ……」

ピーン！　頭の中でなにかが繋がった気がした。

「そ、そそそそっ、それだ――――！」

大声を上げてカゲロウの腕を掴む。

「お前までなんだ」

最高に嫌そうな顔をした彼に、興奮を隠しきれずに言った。

「社を守る方法があります！　みんなに協力してもらわないといけないけど！」

「協力……？　みんなって──まさか百鬼夜行の奴らか？」

「うん、そう！　ね、耳を貸して！」

コソコソ話をする。

私のアイディアを聞いたカゲロウは、少し驚いた後に楽しげに笑った。

「それはいいな」

「でしょ！　でも……みんな、協力してくれるかなあ」

私は彼らから距離を取られている。アイディアの発端が私だと知ったら……。

悶々と考えこんでいると、カゲロウがポンと頭の上に手を置いた。

「大丈夫だ。むしろ都合がいいかもな」

「都合がいい？」

「うまくいけば、仲良くなるきっかけにもなるぞ」

「本当に……？」

「俺の言うとおりにすれば間違いない」

カゲロウは自信たっぷりだ。ドキドキしながらうなずく。

オジサンたちとも相談して、計画は翌日に実行することになった。

──ぜったいに社を守る。愛する人に置いて逝かれてしまった荼枳尼天のためにも！

いろいろ準備しているうちに、あっという間に一日が過ぎていった。

そうして、現世は新たな朝を迎える。

工事妨害作戦の決行だ！

＊

「なんだか嫌な天気だな」

山道を歩きながら、佐藤《さとう》一樹《かずき》はため息をこぼした。

一樹は建設会社の作業員だ。いまは作業予定の現場に向かっている途中だった。まだまだ日が高いのに、曇天のせいでやけに世界が薄暗い。なんだか不気味な天気だった。

——ただでさえ憂鬱なのに。天気くらいは味方してくれてもいいのにな。

頭の中でボヤきながら、前を歩く人々の背中を見つめた。

「帰っていただけませんか。正直、困るんですよね。業務妨害で訴えますよ」

「いいじゃないですか〜。お祓いするんでしょ。ちょっと見学させてくださいよ」

「まあまあ……。みなさん、そう興奮なさらないで」

そこには、一樹の上司である現場監督と、自称有名動画配信者の男、地元の神社の神主がいた。奇妙な取り合わせだが、先日の事件を考えると納得の面子だ。

数日前、一樹が担当している現場でトラブルがあった。

放棄された社を解体しようとしたところ、重機が倒れて何人かが怪我をしてしまったのだ。確認事項を怠ったがための、ケアレスミスによる事故だと思われた。だが、責任を問われた担当者はかたくなに己のミスを認めなかったのだ。

『安全確認はちゃんとした。そもそも、あの状態で重機が倒れるはずがない』

言い訳はやめろと現場監督は一笑に付した。しかし、担当者は一向に引き下がらず、そのうち、事故の瞬間を捉えた動画がSNS上で拡散された。記録用に撮影していたものが流出したらしい。おそらく担当者側が無実を証明するために作為的に流したのだろうが――おおぜいの目にとまった動画はバズってしまった。

衝撃的な映像はさまざまな憶測を呼び、祟りだの平家の怨霊だのとWEB上が大騒ぎになっている。事態を危惧した会社はお祓いを頼んだ。そこへ噂を聞きつけた動画配信者がやってきた……というわけだ。

「くだらない。祟りなんてあるわけがないでしょう」

「でも！　実際に事故は起こってるんですよ。なにかあると思うんだけどなあ」

「馬鹿らしい。いい加減にしてくれませんか。警察を呼びますよ」

食い下がる動画配信者に、現場監督はうんざりした様子だった。余計な面倒は避けたいのだろう。祟りだと主張している動画配信者にも危機感がまるでない。眉唾《まゆつば》だと確信しているのだ。

――でもなあ。あわよくば面白い画が撮れればいい。そんな思惑が透けて見える。祟りだって言い分もわかるんだよな。

あの時、一樹も現場にいた。工事は順調で天候も問題なかったように記憶している。なのに、バケットが社にかかる寸前、ショベルカーが倒れてしまったのだ。不安定な様子なんて欠片もなかったのに、近くにいた人間を狙いすましたように押しつぶした。

明らかに不自然だ。普通じゃぜったいに起こりえない事故……。

そう、なにか不思議な力が働かない限り。

「まさかね」

つらつらと考えごとをしているうちに、社の前に到着していた。

杉の木が密集した森の中は薄暗くて不気味だ。辺りを確認すると、動画配信者がカメラをセットしているのを見つけた。「ど～も～！」なんて動画のオープニングを撮り始める始末。あまりにも自分勝手な男に不快感を覚えた瞬間、昨日出会った若者を思い出した。彼はずいぶんまともだった。一緒にしちゃって悪かったと反省する。

「――では、お祓いを始めていきますね」

御神酒《おみき》を手にした神主が声をかけた。簡素な木製テーブルに支度を調える。大幣《おおぬさ》……いわゆるお祓い棒を手にすると、厳かな雰囲気が漂い始めた。

――いよいよだ。

なんとなく姿勢を正す。眠くならなかったらいいな、なんて思った。儀式が終わったら、工事再開に向けての算段をつける手はずだ。

「掛《か》けまくも畏《かしこ》き――」

神主が、ばさりとお祓い棒を振りかざす。粛々と祝詞《のりと》を口にした瞬間だった。

「わあっ！」

紙垂《しで》が燃え上がった。神主が慌てて手を離す。轟々と燃え上がるお祓い棒を前に、へたりと腰を抜かしてしまった。

「おい。なにをしてるんだ⁉」

「なんかキタ――――‼」

現場監督の不機嫌そうな声と、動画配信者の嬉しそうな声が森に響く。

「なんだこれ……」

気がつけば、周囲の状況が様変わりしていた。辺りがしんと静まり返っている。鳥たちは口を噤み、風は凪いでいた。それだけじゃない。薄暗い森の中を、ふわふわと漂うものがあった。火の玉だ。不気味なほど青白い炎が辺りを飛び回っている。

「な、なんで？」

意味がわからない。非科学的な現象に一樹の頭が混乱に陥る。

「神様が、怒ってる？」

なんとなしにつぶやくと、じわりと全身に汗がにじんだ。

神様なんているもんか。常識的な自分が頭の中で訴えかけていたが、それでもなお不気味な雰囲気に、慌てて踵を返した。

「うわっ」

とたん、つまずいて尻餅をついてしまった。

不思議と柔らかいなにか。目を凝らして見てみると――

「ヒッ……！」

足もとに転がっていたのは、現場監督と動画配信者だった。死んではいない。気絶している。よほど恐ろしいものを目にしたのか、白目を剥いて口から泡を吹いていた。

「なん、なんなんだよッ……!!」

あまりの恐怖に、四つん這いで逃げ出した。

ここにいたら駄目だ。生存本能が逃げろと訴えかけている。

だが――

「どこへいくの」

ふいに、氷より冷たい手が頬を撫でていった。急に手足が動かなくなる。誰かが一樹の目をふさいだ。体が背中に押しつけられる。女だ。氷のように冷たい体を持った女――

「やめろ。離せっ……！」

振り払おうとするも、体はピクリとも動かない。ギョロギョロと目を動かすことしかできない状況に怯えていると――ふいに目隠ししていた手が外れ、状況が明らかになった。

「……ッ！」

絶句する。どうりで動けないはずだった。一樹の体はおおぜいに押さえつけられていたのだ。ひとつ目の鬼、髪を振り乱した和装の女、三ツ目の僧、毛むくじゃらの獣、肌が青い子ども——数え切れないほどの化け物たちによって。

「あ、あああ、あああ……」

嗚咽とも悲鳴ともつかない声が口からもれる。あまりの恐怖に震えていると、死体のように冷え切った手を持った女が、耳もとで囁いた。

「……社を壊すおつもり？」

鼓膜を震わせたのは、不気味なほど美しい声。

ガクガクと震えながら、一樹はゆっくりと頭を巡らした。ひゅっと息を吞む。そこにあったのは——口からダラダラと涎をこぼす、般若の面を思わせる夜叉の顔だったからだ。

「ぜったいに赦さない」

「ぎゃ————ッ!!」

瞬間、けたたましい悲鳴が、森の中にこだましていった。

＊

「あそこらへん、祟りがすごいからって厳重に祀られることになったようだぞ」

計画を実行してから数日後、スマホのニュースを眺めていたカゲロウが言った。

工事関係者が神の祟りに遭ったという事件は、ＳＮＳ界隈でいまいちばん熱い話題だった。「あそこはマジでヤバイ」誰もが口々に言っている。

きっかけは、動画配信者の実況のせいだ。あの日、関係者が祟りに遭う様子がリアルタイムで全世界に配信された。映像には、不思議なものはなにも映っていない。しかし、その場にいた人々が急に倒れたり、お祓い棒が燃え上がったり、目に見えないなにかに怯えたりする様は実に生々しく、恐怖に歪む表情は〝本当になにかがいるんじゃないか〟と、人々を震え上がらせた。実際、関係者は数日間寝込んだらしい。事態を重く見た地元有権者は、朽ちかけた社を再建し、怒れる神を鎮めようと決めたそうだ。

「それにしても、驚くほどうまくいったな」

「そりゃそうですよ。日本人ってそういう生き物ですから」

社を壊そうとしている人間の再開発を止めるには、どうしたらいいか？

私は〝信心深さ〟を利用してやろうと考えた。

日本人は、普段神様なんかちっとも信じていない癖に、やたら信心深くなることがある。人生でたびたび訪れる慶事はもちろんのこと、顕著なのは祟り関係の場合だ。古い史跡なんかの工事中に、事故が重なったり、明らかに祟りと思われる現象があったりした場合、対象物を避けて道路や建物を建設するという話がある。実際、日本各地にそういう場所は何カ所かあって、不自然に道路がひん曲がっていて面白い。

今回の件も、すでに一度祟りらしき現象が起きている。ならばもう一度――しかも、最大級に恐ろしい祟りを起こしてやれば、社を排除するのではなく守る方向に動くのではないかと考えたのだ。

「ふふふ。最高の結果になったんじゃないですか？」

「そうだな」

社には新しい宮司も派遣され、それなりに大きな神社に生まれ変わるようだ。

「私としては、期待以上だと言わざるを得ないですね！」

むんと胸を張って――カゲロウの背後に居並ぶ彼らに視線を向ける。

「それもこれも、みんなのおかげです！　ありがとう！」

そこにいたのは、社を守るのに協力してくれたあやかしたちだ。源治郎を始め、ひとつ目の鬼や毛むくじゃらの獣、青い肌をした子どもが、照れ臭そうに笑っている。

「まあな。嬢ちゃんに協力してくれって言われたら……なあ？」

「俺らって人間を脅かす〝ぷろ〟だからな！　全力でやるしかねえだろ」

そうだ、そうだ！　あやかしたちの間から合意の声が上がる。

彼らは私に向けて、親しげな笑みをこぼした。

「実にやりがいがあった。こっちこそありがとな」

「頼ってくれて嬉しかったよ！」

「またなにかあったら言ってくれよな」

みんな嬉しそうだ。彼らとの間に、以前のような壁は感じられない。

「よかったな」

カゲロウが笑っている。百鬼夜行のみんなに助力してもらえたのは彼のおかげだ。

『素直に、自分が思ったとおりの印象を伝えてみろ』

そう助言してもらった私は、あやかしたちに手伝ってくれるように依頼した。

『暗闇で大きなひとつ目を見つけたら、きっと腰が抜けちゃうくらい怖いと思うの！』

『獅子みたいな顔、すっごく迫力あるよね！』

『三ツ目のお坊さんってそれだけでめっちゃ怖い』

ひとりひとり、人間から見たらどんなに恐ろしいかを真剣に伝える。

そして最後にこう言ったのだ。

『人を怖がらせるプロのみなさんにお願いがあります。夢に見ちゃうくらい恐怖のどん底に突き落としたい人間がいるから、手伝って！』

あやかしたちは快く協力を引き受けてくれた。あの日以来、私たちの距離は縮まったように思う。もう遠目で眺められたりしていない。友達にだってなれるかも！

「……ふん。みんな調子がいいんだからさ……」

ひとりボヤいているのはお菊さんだ。

彼女とはまだ距離があった。でも――以前よりは表情が柔らかいような……？

「そろそろいいかい？」

そこへ小野のオジサンがやって来た。

以前のように黒の衣冠単をまとっている。かたわらには茶枳尼天が立っていた。

「わあ。すごく綺麗ですね！」

思わず歓声を上げると、茶枳尼天はほんのりはにかんだ。

「そうでしょうか？　今日という日には、そぐわない気がしているのですが」

「そんなことないよ。新しい門出に……きっと、ぴったりだと思う」

彼女は白無垢姿だった。白い衣に角隠しを被り、一見するとお嫁さんにしか見えない。

「似合ってるよねえ。現世でレンタルしてきたんだよ。もちろん経費で」

オジサンはほがらかに言った。

「平安の頃とは様式が変わってるけど……。どうして僕が花嫁衣装を選んだのか。すべてが終わった時にわかると思うんだ」

「……！　は、はい」

茶枳尼天は戸惑いを浮かべている。しかし、表情には仄かな期待がにじんでいた。

――そう。今日は茶枳尼天の〝化け仕舞い〟の日だ。

朝から準備を整えてきた私たちは、主役の登場にいよいよという想いを隠せない。

「雪白さん、いろいろとありがとうございます」

茶枳尼天は、私の手を両手で包み込み、口もとをほころばせた。

「あの時、事情を説明しようと思ったのは、あなたの言葉があったからなんですよ」

「……え？」

「捨てないって、言ってくれたでしょう？　すごく嬉しかった。神ですら忘れ去られる時代、あなたのような人が救いなんです。お願い。ずっとそのままでいてくださいね」

するりと手を離して、儀式のために整えられた舞台へしずしずと向かう。

「あ……」

少しずつ遠くなっていく背中を眺めていると、どうしようもなく胸が切なくなった。

——怖い思いもしたけど、すごく優しい神様だった。〝化け仕舞い〟をしたら、もういなくなっちゃうんだ……。

無性に寂しい。泣くのを必死にこらえていると、オジサンが私の肩をポンと叩いた。

「駄目だよ。ちゃんと門出を祝ってあげないと」

「でも……」

「なんのために僕が湯西川温泉まで出向いたと思うの。休暇のためじゃないんだからね」

——そうは言われてもなあ。

涙を拭って、スンと洟をすする。

「そういえば、ちゃんと聞いてなかったですよね。けっきょく、どうして茶枳尼天を助けるのにこだわっていたんです？　なにか事情があるんですか？」

「……別に、とても個人的な理由だよ」

オジサンは苦く笑った。瞳に哀愁をにじませ、ポツポツと語り出す。

「僕はね、かつて愛してはいけない人に心を奪われてしまったんだよ。そりゃあ熱心に口説いてね。自分たちを隔てる障害や御簾《みす》を、山や川にたとえた歌を作ってみたりした」

「まさか、茶枳尼天がもらった歌って……！」

「そう。あれは、大昔に僕が詠んだんだ」

クスクス笑って話を続ける。

「けっきょくは念願叶って結ばれた。胎《はら》に子も宿ったんだ。でも……親に反対されてね。身ごもっているというのに、彼女は母親に監禁されてしまった」

オジサンの想い人は、もう愛する人には会えないのだと、ろくろく食事も取らずに、胎の子ともども亡くなってしまったという。

「……そんな」

愕然としている私に、オジサンは諦念をにじませて続けた。

「許される恋じゃなかった。手を出した僕が悪いんだと思ってる。だけど――道ならぬ恋をした人間が、みんな理不尽な終わり方をしなくたっていいじゃないか。苦しまなくたっていいじゃないか！　誰にだって幸せになる権利はある!!」

語調を荒らげたオジサンは、ふいに表情を緩めた。

「……だから、彼女の恋を見過ごせなかったんだ。それだけだよ」

オジサンは茶枳尼天をじっと眺めている。でも、彼の瞳が映しているのはおそらく別人だ。愛しあったものの、けっして幸せにできなかった想い人――。後悔が色濃くにじむ。オジサンは、過去に失った人をいまも一途に想い続けているのだ。

「………。これからどうするんですか」

「これからって？」

「茶枳尼天ですよ。奇蹟を贈るって約束したでしょう？」

「ふふん。僕を誰だと思ってるんだい」

ニッと不敵に笑う。どこまでもふてぶてしい様子で言った。

「小野篁だよ。サプライズも一流に決まってる。任せておきなさい」


茶枳尼天の〝化け仕舞い〟の舞台は、なんとも見晴らしのいい場所だった。

切り立った岬だ。空は晴れ渡り、眼下には雲海が広がっていた。雲に烟《けむ》る山々は雄大で、装いを秋色に変えて目を楽しませてくれている。

岬の先端に向けて、秋の花々で作られた花道が続いていた。秋桜に金木犀、桔梗に女郎花《おみなえし》。色とりどりの花が花嫁の足もとを彩っていた。花々の間では鳥たちが羽を休めている。白い水鳥に九官鳥、孔雀にオウム……双頭の鳥や、頭だけが人間の鳥までいる！

奇妙な姿形はしているが、それぞれが美しい羽を持っていた。穏やかな秋の日差しに、きら、きらとまばゆく光って見える。

「なんの鳥だろう……」

思わずつぶやくと、隣に立ったカゲロウが教えてくれた。

「共命《ぐみょう》の鳥だ」

「ぐ、ぐみょ……なに？」

「極楽にいて美しい声で仏の法を伝えているという鳥だ。見送りに来てくれたんだ」

極彩色の鳥たちは、思い思いに鳴き声を上げている。中でも一羽の九官鳥は熱烈だった。涼やかな声で、茶枳尼天の周囲を飛び回って楽しく歌う。

「あらあら」

茶枳尼天が微笑むと、彼女の指の上に着地して――

「ひゅるるるるるっ！」

更に伸びやかに歌った。

「お見送りをありがとう。なんだか、あの人が奏でてくれた笛の音に似ているわ」

茶枳尼天が顔をほころばせる。瞬間、オジサンが印を切った。

「さあ、僕からのプレゼントだ！」

――だんっ！　地面を踏みしめると、みるみるうちに九官鳥の姿が変わっていった。ぐるんと宙で一回転。黒い羽が衣冠に変わり、体がたちまち大きくなった。現れたのは横笛を手にした男性だ。茶枳尼天を愛おしげに抱きしめた。

「……と、俊臣様!?」

真っ赤になった茶枳尼天が叫んだ。

いきおいよくオジサンを見る。彼はわざとらしくうそぶいた。

「いや～。偶然だなあ。君が〝化け仕舞い〟をする日が、たまたま想い人も輪廻へ戻る日だったなんて」

ぱちりと片目をつぶる。茶目っけたっぷりに笑った。

「一緒にいきなさい。きっと次の生でも縁づくはずだから」

「～～～ッ！」

感極まった様子の茶枳尼天は、頬を薔薇色に染めてうなずいた。

そっと俊臣を見やる。九官鳥から姿を変えた男性は、どこまでも優しく笑んだ。

「やっと君の下に戻れた。都へ至る道中、残党狩りにやられてしまって……」

親指で茶枳尼天の頬に触れる。涙の跡を拭って、ホッとしたようにつぶやいた。

「すまない。ずいぶん待たせてしまったね」

「俊臣様っ……!!」

ふたりは強く強く抱き合った。とたん、共命の鳥たちが飛び立つ。一緒に花びらも宙に舞った。ふたりの周囲が鮮やかに彩られていく。

「いこうか」

「はい」

見つめあったふたりがうなずく。

「あれ……？」

様子を見守っていた私は、思わず目をこすった。見間違い？　ううん、そうじゃない。

茶枳尼天と俊臣が、いつの間にやらつがいの鶴に姿を変えている。

「かの者たちを輪廻へ送り奉り候！」

オジサンがふたたび強く足を鳴らすと、天からまばゆい光が下りてきた。

輪廻へ続く道だ。その先には新しい人生が待っている。ふたりは大きな羽を羽ばたかせると、光に導かれるように飛んでいった。高く、高く——どこまでも遠くへ。

「お幸せにー!!」

私の声は届いただろうか。

ふと後ろを振り返ると、みんなどこか嬉しそうな顔をしているのがわかった。

——そっか。〝化け仕舞い〟はなにも悲しいだけじゃないんだ。

過去に区切りをつけて、新しい一歩を踏み出す。

……それって、場合によってはすごくおめでたいことだったりするんじゃない？

ひとつ学んだ気がする。

笑顔でふたたび空を見上げ——ふたりの幸せを心から願った。

第三章
消えゆく泡沫、亡霊が行き着く先は

気がつくと暗闇の中で立ち尽くしていた。

「あれ……。みんなは？」

百鬼夜行と一緒に幽世を巡っていたはずなのに。

私の周りにはなにもない。どろどろとした濃厚な闇が揺蕩っているだけだ。

「カゲロウ？　オジサン？　げんじろーさんっ？　お菊さんっ!!」

思いつく限りの名前を叫ぶ。

しかし反応は返ってこない。悲痛な叫びが虚しく響いていくだけだ。

「……なんで誰もいないの」

寂しくてたまらない。不安に押しつぶされそうだった。

「あっ……」

とたん、視界の中に違和感を見つけた。

黒く塗りつぶされた世界の中で、不自然に一部だけがほの明るい。

よくよく観察すると、細長く切り取られた光景がいくつか連続して並んでいた。

こんな風景を見た覚えがある。格子越しに外を覗いた時だ！

「どこにいるかわかるかも」

そっと近づいて覗きこむと、あまりの眩しさに目を細める。

二階にいるのだと、視線の高さでようやく気づいた。眼下に門構えが立派な日本家屋が見える。庭に大きな桜の木が生えていた。春の盛り、柔らかい日差しが辺りいちめんを照らしていて、淡く色づいた花びらがハラハラと舞っている。石畳に落ちる陽だまり。若葉の色ですら眩しいほど色鮮やかだ。

「綺麗だな」

別段変わった光景でもないのに、やたら惹かれる。

ここは昏くて寒い。暖かそうな世界が心底うらやましかった。

「なにを見ているのです」

突然、氷のように冷え切った声がした。

「……？」

そろそろと振り返ると、全身が粟立った。暗闇の中にひとりの女性が立っている。上品な和装に身を包んだ人物だ。しかし、直視するのは憚られた。女性の顔が、落書きのようなグチャグチャの黒い線で塗りつぶされていたからだ。

恐怖のあまり思わず後ずさった。女性が誰かはわからない。わからないけれど——本能が告げていた。この人物に関わってはいけない、と。

「ひっ……」

ふいに誰かが私の腕を摑んだ。それもひとつじゃない。いくつもいくつも、数え切れないほどの手が伸びてきて、体を拘束していく。

「やだ。離してッ……！」

必死に抵抗するが効果がない。誰のものともしれない手が、私をうららかな光景から引き剝がして、闇の深い場所まで引きずり込もうとしていた。

「――嫌だ、嫌だ、嫌だ、嫌だッ!! やめて、やめてよ……!!」

心底恐ろしくて、必死に暖かな景色に向かって手を伸ばした。

――じゃらり。

硬質な音が鼓膜を震わせる。思わず動きを止めた。

なんで? どうして――

私の手首に、鉄の枷がはまっているのだろう。

「あがくのをやめなさい」

和装の女性が言った。

氷のように冷たく乾いた手で、ゆるゆると私の頰をなぞり――

その手で、私の視界をじょじょに覆い隠していきながら言った。

「いまこそ桜坂家に恩を返す時です」

世界が闇に包まれる。

「いやああああああああっ!!」

まっ暗な世界に、私の悲鳴がどこまでも響いていった。

＊

「雪白、大丈夫か!!」

ぱちり。目を開くと、すぐそこにイケメンの顔があった。

「ひょわあああああっ!?」

素っ頓狂な声を上げて跳ね起きる。

ごちん。鈍い音がしたとたん、痛みのあまりに思わずうずくまった。

「痛い」

「それは俺の台詞だ」

カゲロウが涙目になっている。

顎が赤くなっていた。思いきり頭突きしてしまったらしい。

「うわっ！　ごめん。大丈夫ですか!?」

慌てて謝ると「問題ない」とカゲロウは苦く笑う。

私の額に手をあてると「お前こそ平気なのか」と心配そうに告げた。

「うなされてたみたいだ。悪い夢でも見たのか」

「えっ……？」

ぱちぱちと瞬く。頬に触れると涙で濡れていた。

寝ながら泣くだなんて。よほどひどい夢を見たに違いない。でも——

「大丈夫。覚えてないですし」

言い訳なんかじゃなかった。実際、すっかり夢の内容を忘れてしまっている。

　全身に汗をかいていた。服がべっとり張りついていて不快だ。いったいどんな夢を見ていたのだろう。ゆるゆる息をもらせば、近くにいた源治郎が笑い声を上げた。

「アッハッハ。おとろしを枕にして寝るからだ。夢見が悪かったんだろ」

　すると、周囲にいたあやかしまで笑い出した。

「気持ちはわからんでもないが、さすがに実行には移さないよな」

「女の子に枕にされて、おとろしも嬉しいだろうよ」

　笑顔で談笑するあやかしたちに、たまらず照れ笑いを浮かべた。

「えっ。可愛い女の子だなんてそんな～。褒めてもなにも出ませんよっ！」

「勝手に盛るなよ、雪白の嬢ちゃん……」

　私の冗談にドッと周囲が沸く。そんな反応がすっごく嬉しくて。ひとしきりお腹を抱えて笑った後、枕代わりになってくれていた子を撫でた。

「知らないうちに寝ちゃったんだね。重くなかった？　ポチくん」

　私が寄りかかっていたのは、毛むくじゃらの獅子頭みたいなあやかし〝おとろし〟だ。

　古くは鳥山《とりやま》石燕《せきえん》の『画図《がず》百鬼《ひゃっき》夜行《やこう》』に描かれていたそうで、不信心な人間が神社に悪戯をすると、鳥居の上から落ちてくるらしい。

　彼は「別にいいよ」と言わんばかりに、グリグリと私の体に頭をすりつけた。ゴワゴワふわふわモコモコで、モップみたいな手触り。コモンドールっていう大型犬みたいだ。ポチくんってあだ名がぴったりだなあと、しみじみ思う。

「ありがと。可愛い奴だなあ……！」

調子に乗ってワシワシと撫でると、ポチくんは「おとろし～」と嬉しそうな声を出した。

「きゅうん！」

すると、どこからか黄金色の毛玉が三匹駆けて来た。小狐だ。荼枳尼天のところにいた子で、伏見稲荷《ふしみいなり》近くにいくまで、親狐ともども百鬼夜行で面倒を見ることになった。将来は神様の使い……神使《しんし》になれるほどの素質があるそうだが、どう見ても可愛い毛玉にしか見えない。ちなみに、ポチくんと一緒に遊ぶのが大のお気に入りだった。

「ユキシロ、アソボ！」「アソブ！」「アソンデ！」

……とはいえ、普通の獣ではない。カタコトの日本語で私とポチくんを誘った小狐たちは、お尻を高く上げてぷりぷりとしっぽを振った。

――仕方ないなあ。

両手を広げて笑顔になる。

「よおし。まとめてかかっておいで！　ポチくんも！」

「きゃんきゃんっ！」

「ユキシロ、スキッ！」

「ナニシテアソブ～？」

「おとろし～！」

「ぎゃあっ！　一気にのしかからないで。つ、潰れる……！」

ゴワゴワふわふわモコモコ。四ひきと私で揉みくちゃになった。

「すっかり仲良くなったなあ」

夢中になってじゃれていると、誰かがこう言った。

――うん。本当にね。出会った頃が嘘だったみたい。

百鬼夜行に遭遇してから四ヶ月。

私は、ようやく彼らに仲間として受け入れてもらえていた。

*

茶枳尼天の件が終わった後、野営地を出発した百鬼夜行は、龍脈沿いに少しずつ北上していた。秋が過ぎ去ろうとしている。ときおり雪がちらつく中、じょじょに彩りを失いつつある山中を進んでいた私たちは、とある場所を通りがかった。

いままで通ってきたところとは、ひと味もふた味も違う光景の場所だ。

天をうがつような大樹が何本も並び立っている。そのどれもが水没していた。湿地帯だ。深い森に点在する沼の上に、いくつもの橋がかけられていた。沼は澄んだ緑色をしていて、魚たちの楽園になっているようだ。

絶景である。でも、ひと味違うと思ったのはそれだけじゃない。沼の中には、錆び付いた看板や崩れかけた家々が沈んでいた。かなり時代がかった品々だ。看板に書かれた宣伝文句は、右から左へ読むのが正解らしく、ふっくらした女性がビールを片手に笑んでいる。古い型の自転車、こけしに金だらい、よくわからない道具の数々。戦時中のものと思われるプロパガンダ看板まであった。

「落ちるなよ」

「あ……。うん」

カゲロウに声をかけられて、思い出したかのように息を吸った。知らず知らずのうちに見入っていたらしい。水中に佇む過去の断片は不思議な魅力を持っている。

「ね、これはなんで沈んでいるんですか」

「ここらは現世でいうと福島《ふくしま》の辺りなんだ。大内《おおうち》宿《じゅく》の近くで――あそこは、鎌倉時代から続く交通の要所なんだが」

「福島って……現世の話ですよね。幽世になんの関係があるんです？」

「もちろん関係はある。幽世は現世の姿を写し取る鏡だ。現世で捨てられたモノが流れ着く。交通の要所ならばなおさらだ。人が行き交うたびに想いが蓄積して、忘れられつつある記憶の残滓が幽世に姿を現すんだよ」

つまり、沼の底に沈むあれらは、人類が前に進むために置いてきた品々だ。

「……なんか、寂しいですね」

しょんぼりと肩を落とした私に、カゲロウは困り顔になった。

「お前、けっこうな頻度で落ち込んでないか？　そんなんじゃもたないぞ。過去を顧みるよりいまは現実だ。ほら、向こうを見てみろ」

カゲロウが指差した先、湿地帯の中ほどに、茅葺《かやぶ》き屋根の家々が建ち並んでいるのが見えた。厩《うまや》や鶏小屋もある。屋根からは、煮炊きの煙が立ち上っているではないか。

「なんだろう……家？」

「違う。宿だ。久しぶりに屋根のある場所で寝られるぞ」

「……！」

カゲロウの言葉に心が浮き立った。

旅は楽しい。けれど、いい加減ふわふわの布団がほしくなってきた頃だ。

「早くいきましょう！」

「わかった。わかった」

笑顔でカゲロウの手を引く。

――どんなお宿なんだろう……！

ワクワクしながら、ふたり並んで歩き出した。


宿に着くと、先に到着していたあやかしたちがすでに荷下ろしを始めていた。

普通の宿のように、至れり尽くせりで面倒を見てくれるわけではないようだ。布団の上げ下ろしや煮炊きは自分たちでするらしく、お菊さんを中心に準備が進められていた。

「お手伝いさせてくださいっ！」

私が声をかけると、お菊さんはあからさまに嫌そうな顔をした。

「なんだい。人間のお嬢様は適当にそこらをぶらついてな。邪魔なんだよ」

シッシッと犬を追い払うような仕草をして、そっぽを向く。

他のあやかしたちとは違い、お菊さんとはまだ距離があった。

「準備はアタシたちに任せるんだ。余計な手出しをされて二度手間になるのは勘弁……って、あああああっ！　なにしてんだいっ！」

「なにって……。これって卵ですよね！　そこの鶏さんが産んだ奴ですか？」

宿の軒先に、ザルの上に山盛りになった卵があった。見るからにツヤツヤ！　さっきから、コケコッコーと賑やかな声がしていたのだ。期待が高まる。

「そうだけど」

引きつった顔で答えをくれたお菊さんに、きらり。瞳を輝かせて言った。

「玉子焼き作ってもいいですか」

「駄目」

「なんでですかあ」

「当たり前じゃないか。アンタ、料理の腕は壊滅的なんだから！」

「ウッ！　こ、今度はうまくいくかもしれないでしょ……」

「なに馬鹿なこと言ってんだい。忘れないよ。アンタのやらかしの数々！」

――ううう。

まぎれもない事実だ。なにも言い返せない。

ワタリの仕事には、とうぜん食事の支度も含まれている。最初、カゲロウは私にお米を炊くように指示した。そりゃ張り切ったとも。みんなのために美味しいご飯を炊くぞって。

結果は惨敗。お米を洗剤で洗っちゃいけないなんて、誰も教えてくれなかったからだ。

それからも失敗は続く。皮を剝けば白い大根が血で赤く染まり、出汁を取ろうとしたものの、肝心の汁を捨ててしまった。そうか……出汁って液体の方だったのかと気づいた時には、すでに料理全般は任せてもらえなくなっていたのだ。

「リベンジさせてくれてもいいのに」

ブツブツ文句を言っていると、見かねた源治郎が声をかけてきた。

「気にすんなって。誰にだって向き不向きってモンがある。……てか、雪白の嬢ちゃんは料理だけじゃなく、家事全般が駄目だよな。こりゃ困ったな」

「ううううっ！　また痛いところを……」

「ろくに服も畳めないもんなあ。ここに来る前はどうやって暮らしてたんだか。おれらと出会ってからずいぶん経つ。ちっとくらいは思い出したか？」

「…………！」

なにも言えなくなって、ギュッとセーラー服を握りしめた。

「えっと……」

宙に視線をさまよわせて、ぎこちなく笑う。

「まだ、ですね。そのうち思い出すんじゃないですかね……」

ぽつりぽつりとつぶやくと、お菊さんが私を見つめているのに気がついた。

苦々しくて、憐憫《れんびん》がこもったまなざしだ。すごく居心地の悪さを感じる。

「――そうだ！」

パンと手を叩いて、慌てて話題の矛先を変えた。

「私が駄目なら、お菊さんが作ってくださいよ」

「なにをだい」

「もちろん玉子焼きです！　お菊さんの味付け、すっごく好きなんですよね。甘くてふわふわで、いくらでも食べられそう」

「なっ……！」

お菊さんの頰が鮮やかに染まった。

キョロキョロと視線をさまよわせ、焦れったい様子で首元をかく。

「……まあ、考えておくよ」

「やった！」

はしゃいだ声を上げると、お菊さんが大仰にため息をこぼした。

「仕方がない子だね。あやかしと親しくするのはいいが、あんまし油断するんじゃないよ。元は人間をだまくらかして生きてきた奴らだ。泣かされたってしらないよ」

そう言い捨てると、どこかへいってしまう。

「……相変わらず厳しいですね、お菊さん」

素直に感じたことを口にすると、源治郎は盛大に噴き出した。

「いや、あれは大丈夫だろ。素直になれてないだけだ。ま、なんであんなに意固地になってんのか、おれにはちっともわかんねえけどよ」

編み笠を持ち上げて笑顔を見せる。三つの瞳には楽しげな色が浮かんでいた。

「そのうち素直になるだろ。アンタが心配でしょうがねえみたいだし」

「……!! そっか!」

——早く仲良くなりたいなあ。

お菊さんが好きだった。初めて会った日に感じた温もりは忘れられない。素直じゃないけど優しいあやかし……。一緒に笑いあえる日が、一日でも早くくればいいのに。

思わずニコニコしていると、にわかに外が騒がしくなった。オジサンが合流したのだ。冥府の役人なのに、たびたび百鬼夜行に顔を出して仕事は大丈夫なのだろうか。

「あ! 雪白ちゃん! ここにいた!!」

オジサンは私を見つけるなり、なんだか泣きそうな顔で書類を突きつけてきた。

「あのさ。確認したいんだけどね。これって君が買った品かなあ!?」

「え? ちょっと見せてくださいね……」

書類には、生活必需品や薬なんかの名前がズラーッと並んでいた。

「うん。私が買った品ですね。必要だと思ったので」

「必要……たしかに必要だよね。でもさ、一個一個の単価が高くない!?　なにこれ、ノンシリコンの高級シャンプーとかさあ。もっと安い奴でも問題ないでしょ。量も多いし。君らが使うだけだったら、こんなに一度に買わなくてもいいはずだよねえ!?」

「えっと……」

　思わず目をそらす。視界の隅には、小狐たちと戯れるポチくんの姿があった。毛並みが、心なしかふんわり艶めいている。数日前、大量のシャンプーで洗った結果だ。だってすごく汚かった。清潔にしなきゃと張り切ってしまったのだ。それに加え、あやかしたちに求められるまま、いろいろと買い込んでいた。風邪薬や、肥満に効く薬、化粧品等など……。

親切のつもりだったけど、それがまずかったらしい。

「経費って節約するものだったんですね」

「聞き捨てならない台詞が聞こえたんだけど……!?」

ウッ。また間違えたようだ。あまりにも気まずい。

「ご、ごめんなさーい!!」

脱兎のごとく逃げ出すと、荷ほどきをしていたカゲロウが声をかけてきた。

「雪白?　どこへいくんだ！」

「ちょっとそこまで！」

　ほとぼりが冷めるまで、時間でも潰してこよう。

　こうして私は、すたこらとその場から退散したのだった。

＊

「はあ……」

宿から離れた場所まで移動した私は、木々の間で足を止めて一息ついた。

「私ってば常識知らずだなあ」

料理どころか家事全般や買い出しすらまともにできないなんて。

自分が情けなくってもどかしい。というか――

「記憶をなくす前の私って、どういう生活をしてたんだろ」

ぽつりとつぶやいて、足もとの石ころを蹴った。

「たぶん料理はしてこなかったんだろうな。でも、服も畳めないのはさすがに変な気がする。普通、それくらいはやっていてもおかしくないのにな。家事全般を他人にやってもらってたってこと？　お祭りにもいった経験がないみたいだし……まさか」

ふいに思いついた結論を口にする。

「私ってば、どっかのご令嬢だったとか……!?」

――んなわけないか。

夢を見るのもたいがいにした方がいい。

「でもなあ。なんだかチグハグだよね。……もう。なんなのよ」

自分がどういう人間かわからなくなる。

途方に暮れて――けれどもすぐに思い直した。

「まあ、思い出せないものは仕方がないよね」

――うん。そうだ。そうに違いない。好きなタイミング記憶が戻るわけでなし。

「だから、思い出せなくたって……私は悪くないよ」

悪くない。悪くない。自分に言い聞かせるように繰り返す。

気を紛らわせるように大きく伸びをして、湿地帯を散歩することにした。

さくり。落ち葉を踏みしめる音がした。木々の間を冷たい風が流れていく。碧にも緑にも見える透き通った沼の群れ。風が通り抜けるたびに美しい波紋を広げた。さざ波の音が響く中、水底に沈む忘れ去られつつあるモノたちは沈黙を守っている。

――ひときわ目立つ大樹のそばを通りがかった時だ。

男がひとり、腰まで水に浸かっているのが見えた。

「な、何事……!?」

ざぶざぶと沼の深い場所を目指しているのは、紺色の着流しを着た男だ。きちんと撫でつけられた髪、少しこけた頬は神経質そうな印象を与えた。見かけは三十代中頃。整った顔をしているものの、幸が薄そうな印象がある。

ゾッとして慌てて走り出す。沼の縁から必死に呼びかけた。

「な、なにしてんですか！　小菅《こすが》さんっ!!」

「む……。なんだ、君か」

「君か、じゃないですよっ！　死んじゃいますってば!!」

小菅銀吉《ぎんきち》は百鬼夜行の一員だ。なんのあやかしかは知らない。気怠げな雰囲気を持っていて、列の最後方にいるのが常だった。夜な夜などこかへ出かけては朝帰りし、移動中の荷馬車にもぐりこんで高いびきをかいてはお菊さんに叱られている。あまり尊敬できない大人タイプ。たぶん、お酒が好きなんだと思う。日が高いうちから、魂が抜けたようにぼうっとしている姿をよく見る。正直、あんまり愉快なあやかしとは言いがたかった。

「ふざけた真似はよしてください。お菊さんに怒られる前に戻りましょう!?」

「……お菊なぞどうでもいい。別にいいじゃあないか。こんなに天気がいいんだもの」

つい、と尖った顎を天へ向ける。重なった葉の隙間から青空が覗いていた。眩しそうに目を細めた小菅は、ちろりと私を見やって笑んだ。

「死ぬにはちょうどいい頃合いじゃないか」

「……ッ！　なに言ってんですか！」

「ん？　ここじゃ〝化け仕舞い〟をすると言った方がわかりやすいかね？」

「そ、そういう話じゃなくて」

——ま、まさか自殺するつもり!?

なにが彼を死へ誘っているのだろう。焦った私は、ざぶざぶと沼に分け入った。

「馬鹿なこと言ってないで、早く帰りましょうよ！　温かいお風呂に入って……えっと、そうだ！　お菊さんが玉子焼き作ってくれるって言ってましたよ。焼きたてを食べさせてもらいましょうよ。じゅわっと出汁が染みだしてくる奴！」

とりあえず頭に浮かんだ言葉を並べてみる。あげく出てきた言葉が玉子焼きだ。

……うん、間違いなくアレは美味しいけど！　どう考えても説得材料としては弱すぎる。

「玉子焼きか」

しかし、私の言葉は意外にも小菅の琴線に触れたようだった。

「悪くない。死ぬのはいったん置いておこう」

「は……？」

沼から出ようとする小菅を呆然と見つめていると、彼は片眉をつり上げ笑った。

「いかないのか？　もしや行水が好きなのかね。ずいぶん悪趣味じゃないか」

――コイツ〜〜〜ッ！

人を小馬鹿にしたような発言にカチンとくる。

なんて理不尽な奴なのだろう。むしろ理不尽の塊だ！

小菅銀吉。彼は百鬼夜行の中でも、ひときわ変わったあやかしだった。

焚き火にくべられた小枝がぱちぱちと爆ぜている。小菅が火を起こしてくれたのだ。ありがたく火に当たる。炎を眺めていると、強ばっていた体がほぐれていくようだった。

「本気で死ぬつもりなのかと思いましたよ。やめてくれて本当によかった」

　ぽつりとつぶやくと、彼はクツクツ楽しげに笑った。

「正直、そんなに珍しいことでもないンだが。自殺未遂は、私にとって日常茶飯事だ」

「は……？」

「死ぬのを思いとどまった経験が、何度かあると言っているンだよ。正月に、お年玉だとよそから着物を一反もらった時もそうだ。〝着物の布地は麻であった。鼠色のこまかい縞目が織りこめられていた。これは夏に着る着物であろう。夏まで生きていようと思った〟」

「……？」

　思わず首を捻る。

　自分の話をしているはずなのに、やけに作り物めいた語り口だ。

「えっと。つまり、ものをもらったから死ぬのをやめたってことですか？」

「ああ。今回もそうだ。玉子焼きは美味しいからな。死ぬなら食べた後にする」

　小菅は飄々としていた。悲壮感にあふれているわけではないのに、簡単に〝死〟という言葉が口を衝いて出る。その姿があまりにも異様で、問わずにはいられなかった。

「どうして〝化け仕舞い〟がしたいんです？　あなたも人間に捨てられたんですか」

「捨てられた？　……私が？　とんでもない。捨ててやるのはこっちの方だ」

　よどんだ昏い瞳で小菅は語った。

「君にはわからないかもしれないな」

　ぽつりとつぶやく。焚き火を枝でいじくると、ぱちんと木が爆ぜた。

「人はさまざまな経験を踏まえた上で〝死〟という結論に行き着く。繰り返される絶望が、ふとした時に感じる虚無が、ふがいない自分に対する憤怒が……蓄積された経験値が、そう決断させるンだよ。私はいますぐに〝今生を終わらせたい〟。それは、まぎれもない事実であり、揺るがない現実だ。でも――君は私とは違う。過去を忘れて百鬼夜行にまぎれこんだ少女。君には蓄積された経験値なんてない。そんな君が、私を止める権利があるンだろうか。もしかしたら、過去の君は自死を望んでいたのかもしれないのに？」

ドキリとして口を噤む。

――そうだ。私は自分の過去をまるで知らない。なのに彼を止める権利なんて……。

「可哀想な雪白くん！」

「えっ」

ふいに小萱が大声を上げた。戯曲の一場面のように手を掲げ、悲しげに眉尻を下げる。彼は憐憫のまなざしを私に向けて続けた。

「もしかしたら……いや、きっと！　辛く悲しい過去があったンだろうね。正直、君の姿は痛々しくて見ていられない」

「痛々しい……？」

「だって君、わざと思い出そうとしていないように見える」

「え？」

「わからない？　百鬼夜行に君がまぎれこんでから四ヶ月だ。なのに、一度だって記憶を取り戻すための具体的な行動を起こしたりしたかね？　一度だって自分を知っている人を探して現世をさまよったりしたかね？」

「そ、それは……。知らない人を家族だって紹介されるのが怖くて」

「記憶は自然と戻ってくるだろうと思った？」

「そうです」

「でもすでに四ヶ月だ。さすがに悠長すぎやしないかね」

——あれ……？

冷たい汗が背中を伝った。

小菅の言うとおりだ。なんでこんなにのんびり構えていたんだろう。一週間やそこらじゃない。こんなに長い間、問題を放置していたなんて。

——変だ。どう考えてもおかしい。

さっきもそうだった気がする。意識的に過去から目を背けていたような——

「なにが君をそうさせるンだろうね」

そろり、小菅の声が思考の海にすべり込んできた。

心地よく鼓膜を震わせる低音。掠れた声は、いやにはっきりと耳に届いた。

「思い出したくない過去でもあったのだろうか。忘れたい現実があるのかも。いや、本当の君は目も当てられないほど邪悪だったのかもしれないね。百鬼夜行の奴らに顔向けできない悪事を働いていたのかも？　だからこそ——忘れたままでいようとする」

「……！」

心臓が跳ねる。落ち着きをなくして視線をさまよわせた。

突拍子もない話なのに否定できない。反論の根拠となる記憶がないからだ。

「君の不安は理解できるよ」

投げかけられた言葉にハッとした。いつの間にか隣に小菅がいる。肩が触れ合わない絶妙な位置に座ると、にこりと優しげに笑んだ。

「人の性質は万華鏡のように移りゆく。自分なのに、自分じゃない誰かがいる可能性ほど、恐ろしいものはない。真実を知られたら、失望されないかと心配なんだ」

すうっと意味深に目を細める。骨張った手を差し出して言った。

「不安を解消させるには、過去の記憶を取り戻すしかないだろう。手伝ってあげようか」

「え……？」

「実は心当たりがあってね。手がかりは現世にあるはずだ。助けてあげるよ」

差し出された手を見つめて、しばし考えこんだ。

どうにもうさんくさい。普通ならばぜったいに手を取るべきではないだろう。

だけど――

「〝人間は、しばしば希望にあざむかれるが、しかし、また『絶望』という観念にもあざむかれる事がある〟。某作家が作中で書いた言葉だよ。君が抱えている絶望は、本当に絶望なのだろうか。たしかめてみたら？　過去の自分から逃げてちゃいけない」

小菅の言葉はやけに耳に心地よく響いた。たびたび、どこかの小説の引用を交えるからだろうか。たとえば、目の前にぜったいに開けてはいけない箱があったとしても、蓋をこじ開けないといけないと思えるくらいの説得力がある。

――過去の自分から逃げる……。

正直、覚えがありすぎた。知らずに臆病風に吹かれていた気がする。

いまこそ、一歩前に踏み出す時なのかもしれない。

「………。わかりました。じゃあ、カゲロウに許可を」

「なにを言うンだ、君は！」

声を荒らげた小菅は、私の手を摑んで言った。

「別の男に頼ろうってのか！　こんなに親身になってやってるってのに！　まさかこんな仕打ちを受けるなんて。ああ、人生は絶望の連続だ。もう耐えられない――」

どろり。よどんだ昏い瞳に妖しい色がにじむ。

大袈裟に騒ぎ立てた小菅は、一転して青白い顔に綺麗な笑みをたたえた。

「やっぱり、いまの話はなしだ。大事な用を思い出した」

そう言って沼の水底を熱心に見つめる。

また自死を試みるつもりだと、彼のまとう気配でわかった。

「ま、待って。待ってください。わ、わかりました。カゲロウの許可なんていりませんよね。ぜひお願いします」

小菅の顔がみるみる喜色に染まる。ひどく楽しげに笑った。

「いい判断だ。君のこれからのためにもなる。〝人間三百六十五日、何の心配も無い日が、一日、いや半日あったら、それは仕合わせな人間です〟」

「……なんですか、それ」

「名著からの引用だよ。気にしなくともいい」

小菅は見るからに上機嫌だ。逆に、こっちはどん底な気分だった。

——どうしよう。間違った判断をした気がする……。

しかし、私だって世話人だ。こんな危なげな男を放って置けない。それに、場合によっては、本当に記憶が戻るきっかけになるかもしれなかった。

——過去の私はどんな人間だったのだろう。

百鬼夜行のみんなに胸を張って会える人間だったらいいな……。

気づけば濡れた服はすっかり乾いていた。出発するにはちょうどいいタイミングだ。

「いきましょうか」

「ああ」

私たちは、その足で現世に繫がる古井戸へと向かった。

＊

大内宿に到着した後、湯野上《ゆのかみ》温泉駅までバスで移動し、鉄道で会津若松《あいづわかまつ》駅を目指した。情報収集をするならば、なるべく都会がいいだろうと考えたからだ。

会津若松駅に着いた時、空からはちらちらと小雪が舞っていた。鈍色の雲が一面に広がる中、小菅は私をネットカフェに連れてきた。全国展開しているチェーン店だ。彼はごくごく自然に財布から会員証を取り出して言った。

「なにはともあれ、最初は情報収集からだろうね」

「……カゲロウのスマホを借りればよかったんじゃないですか?」

「借りられるわけがないだろう。親しいわけでもないのに」

──世話焼きの彼なら、喜んで貸してくれると思うけどな。

でも、事実を指摘したら激高されそうで怖い。ぐっと言葉を呑みこんでついていく。

ネットカフェの店内はかなり雑然としていた。ずらりと並ぶ半個室の扉に、お菓子がたくさん入ったカゴやドリンクバーもあった。店内は奇妙な静寂に包まれている。キーボードの音やマウスのクリック音だけが辺りに響いていた。独特な雰囲気ですごく新鮮だ。過去の私はネカフェすら来ていなかったらしい。

「個室でよろしいですか」

物珍しくってキョロキョロしていると、店員の声が聞こえてきた。

小菅は少し考えこむ様子を見せ、静かにかぶりを振る。

「……いや、狭いな。オープンスペースで構わない」

「かしこまりました～。お時間ですが……」

長いような短いような説明を受けて、小菅は割り当てられた席へ向かった。

「すごいネカフェ慣れしてますね。というか、小菅さんって普通の人間みたい。バスとか電車の運賃を払ってましたし、店員さんにも見えてるし」

小菅は不愉快そうに片眉をつり上げ、フンと鼻で嗤った。

「化生は人を驚かせてなんぼだろう。姿を見せられないでどうする」

「たしかに……」

「人外であろうとも、利用した以上は代金を払わないなんて論外だ。発想が実に貧困だな。恥を知れ」

「うっ。なんかごめんなさい……」

一方的にまくし立てた小菅はブツブツ言いながら、パソコンでなにかを検索している。なにを調べているのだろう。ひょいっと覗きこめば、思わず眉間に皺が寄った。

「……『WEBノベル大賞』？　なんですか、このサイト」

「ハッ。知らないのかね。いまはネット上で賞レースが行われていてね。ボタンひとつで文学賞に応募できるのだよ。もちろん私も参加している。すでに結果が出ている時期なんだが……。ここ最近、ネカフェに来られなかったからな。大賞受賞者である私と連絡がつかずに、編集者もさぞ焦っていることだろう――」

小菅は自作が受賞していると確信しているようだ。

というか、それが私の記憶となんの関係が？

首を捻っていると、小菅が固まっているのに気がついた。

「ん……？」

不可解そうに小首を傾げ、無言のままあちこちをクリックし始める。

カチ、カチ、カチ。カチカチッ……。

しばしの間、静かな時が流れていく。

やがて、椅子にもたれかかった小菅は、天を仰ぎ、両手で顔を覆った。

「……刺す」

「なに言い出すんですかっ!?」

いや、物騒すぎる。

反射的に突っこんだ私を、小菅は血走ったまなざしで睨みつけた。

「なにって。審査員を刺すに決まってる。私の傑作を落とすだなんて、とんだ大悪党だよ。世のため人のため、この世から抹消してしかるべきなンだッ……!!」

「過激すぎません!? 冷静になって〜!!」

ガクガクと揺さぶる。嫌な予感がしてたまらなかった。虚空を見つめてブツブツつぶやく様は尋常じゃない。放っておいたら、ぜったいに仕出かすという妙な確信があった。

「お客様、静かにしていただけませんか」

混乱の極致に陥っていると、ネカフェの店員が声をかけてきた。

「これ以上騒ぐようなら――」

怖い顔をして、ちらりと出口に視線をやった。

――まずい。追い出される！

「「すみませんでした！」」

すかさずふたりで平謝りをする。

不機嫌そうに去っていった店員を見送ると、小菅に文句を言ってやった。

「……本来の目的を忘れてません？」

「悪かった」

渋い顔をしている私に、意外にも小菅は素直に頭を下げた。

「まあ、冗談はここまでにするとしよう」

「冗談だとは思えませんでしたけど」

「しつこいな。女学生だろう。そんな冷めた目をしていないで、無駄に夢見がちな妄想をしたり、急に現実に立ち戻って絶望したりしていればいいのに」

小菅はニヤニヤしている。なんだか無性に腹が立った。

「偏見がひどいですね。真面目にやってくださいよ……。私の過去について心当たりがあるって言ってましたよね？　なのに話をそらしてばっかり。あれって嘘だったんですか」

「ひどい物言いだな。少しは年長者を敬ったらどうだ」

カチカチとマウスをクリックする。ぽつりと小菅がつぶやいた。

「〝人間は真面目でなければいけないが、しかし、ニヤニヤ笑っているからといってその人を不真面目と決めてしまうのも間違いだ〟」

「……え？」

カチリ。小菅はとあるサイトを画面に表示した。

「見てごらん」

「岩手《いわて》県の高校制服一覧……？」

シンプルなサイトだ。

制服を着た男女の写真が掲載されていて、その中の一枚に目が釘付けになった。

「私の制服と同じだ！」

呆然としていると、小菅はどこか得意げに笑った。

「当たりだな。ずっと、君は岩手出身じゃないかと思っていたんだ。イントネーションが友人に似ていたからね。まあ、その友人とはだいぶん前に会ったきりだが」

「喧嘩でもしたんですか？」

「いや、戦争にいった。孤島で玉砕したらしい」

「………」

「国のために散ったンだ。名誉なことだな」

なんとなしに投げかけた疑問に、やたら重い回答が返ってきて困惑した。

失った記憶の手がかりが見つかったのは嬉しい。

だけど、それ以上に目の前の男の素性が気になって仕方がなくなっている。

「……私が何者か、知りたいような顔だね」

ニヒルに笑んだ小菅は、椅子の背もたれに寄りかかりながら答えた。

「私は亡霊だ」

「亡霊？」

「ああ。お化けという意味ではないがね。神だの、あやかしだの……そんなたいそうなものではないよ。人が創り出すのは、なにも異形や信仰対象だけではない。おおぜいが認識したり、歴史に名を残したりした人間の場合、幽世に新たな存在が生まれる場合がある」

ヒントをやろう、と小菅は人差し指を立てた。

「誰からも欠陥品だと言われた人間がいてね。愚かにも、その人物は己の人生を反映させた〝ように見える〟作品を、世に送り出してしまったのさ。作品は大ヒット。作家の死後も語り継がれる名作となっている……」

物憂げにまぶたを伏せる。どこか投げやりになって言った。

「私は例の作品を生み出した人間の影だ。群衆が心に描いている、かの作家の像。奴の愚かな行為のせいで、本体の死後も現世に留まり続ける羽目になってしまった」

神様でもあやかしでもない――亡霊。

不思議な感じがした。小菅の見かけは普通の人間となんら変わらない。しかし、誰かの胎から生まれたわけではなく、彼もまた人の想いが作り上げた存在だった。

「さて、私は誰だろうね」

小菅は、どうも有名な作家が元になっているようだ。

正直、ちっとも見当がつかない。もっと勉強すればよかったな……。

「……ともかく、だ」

小菅がパソコンの画面を指差した。

新たに表示されていたのは、高校のホームページだ。問い合わせ先が掲示されている。

「ここへ電話してみよう。君のことがわかるかもしれない」

ドキリと心臓が跳ねた。

「……お、教えてくれますかね。個人情報保護とか、いろいろあるでしょう?」

「問題ない。女学生が行方不明になっているンだから、大騒ぎになっているはずだ。情報提供者を装えば、最低でも在籍しているかくらいはわかるだろう。うまくいけば、担当している警察署の番号を教えてくれるかもしれないね」

「警察と連絡がついたら……?」

「君がどこの誰で、どこで生まれたか程度はわかるだろうよ」

「……!!」

希望が見えてきた。なんだか胸がドキドキする。

「じゃ、じゃあ私が連絡を……」

「いや」

提案を遮った小菅は、怒っているんだか笑っているんだかわからない顔で言った。

「大人が問い合わせた方がいいんじゃないか。信憑性が違う。任せてくれ」

言われてみると、たしかにそうだと思った。

「はい」とうなずいた私に、小菅はゆるゆると目を細めて口もとをつり上げた。

「いい子だね」

小菅の瞳に、仄暗い歓喜がにじんでいたのに、その時の私は気づけなかった。

＊

ネカフェの会計を済ませて外に出ると、本格的に雪が降り始めていた。

鈍色の空から、ぼたぼたと大粒の雪が落ちてくる。ぼたん雪だ。湿気を多分に含んだ雪は重く、すぐに町並みを白く染めていった。いよいよ冬がやって来たのだと実感する。

「ああ、公衆電話があるね。ちょうどいい」

小菅が小走りで駆けていく。目指すは、いまはもう珍しい電話ボックスだ。

ぱたん。ドアが閉まるのを見守って、ひとり外で待つことにした。

――うまくいけば、私がどこの誰かわかるはずだよね。

なんだか落ち着かなくて、積もったばかりの雪の上に足跡をつけていく。

「記憶が戻ったらどうしようかな……」

元の生活に戻るのだろうか。たぶん、それが正しいのだろう。

でも――……。

「なんか、やだな」

――だって、記憶が戻ったらいまの生活が終わってしまう。

軽く唇を噛む。ギュッと眉間に皺を寄せて、どんよりとした空を睨みつけた。

「私のばーか」

わざと声に出して自分を罵る。むりやり気持ちを奮い立たせた。

「いまは記憶を思い出すのが先決!」

頬を軽く叩いて気を引き締める。うだうだ悩むのは後でいい。

そもそも、私がいなくなって心配している誰かがいるかもしれないのだ。その人たちのことを思うと、悠長に構えている余裕なんてないはずだった。

――だから……。

私ひとりのわがままで、みんなに迷惑をかけちゃいけない。

がんばれ私。前だけを見て進め。たとえ、ものすごく名残惜しくとも。

「待たせたね」

そうしていると、ようやく小菅が電話ボックスから出てきた。

「あ……。どうでした?」

小菅はすぐに答えなかった。

少しだけ気まずそうにして「ちょっと歩こうか」と、雪道を進み始める。

「え、ちょっと。ねえ！」

とっさに声をかけるも、まったく聞き入れてくれない。

私を無視してズンズン進み、仕舞いには自動販売機の前で足を止めた。

「なにか飲むかね」

ゆるりと振り返って白い息を吐く。実にマイペースな亡霊だった。

「なんなのよ」

ムッとしつつ「ココア」とぶっきらぼうに言う。「実にいい選択だと思うよ」と小菅が笑った。すかさず購入して、取り出し口からココアを取り出そうとした。

「あちっ」

寒空の下だ。缶が熱すぎて持てないらしい。

四苦八苦したあげく、袖越しに摑んでようやく取り出した。

「今日はいやに冷えるね。どうぞ」

「……ありがとう」

いちおうの礼を口にする。ジロリと睨みつけた。

「それより、もったいぶらないで教えてくださいよ。どうだったんです？」

「おやおや。ずいぶんと急かすじゃないか」

肩をすくめた小菅は、なんでもないことのようにさらりと言った。

「実に困った事態になった。問い合わせた学校には、桜坂雪白なんて生徒は在籍していないそうだよ。行方不明になっている生徒もいないそうだ」

「え……？」

啞然として固まる。

――どういうこと。なにがどうなっているの。

サイトの写真が間違っていたのだろうか。紺地に金のライン。臙脂のスカーフは、間違いなく私が着ているものと同じデザインだったのに。

「せ、制服が似ているだけだったんですね。岩手県じゃなかったんだ。そうですよね？」

動揺をあらわにする私に、小菅は淡々とした様子で言った。

「どうだろうね――わからないな」

どこか遠くを見やる。ひどく嬉しげに口もとをつり上げて続けた。

「でも、桜坂雪白なんて生徒が在籍していなかったのは事実だ。君の居場所はどこにあるんだろうね。一気に手がかりがなくなってしまったな」

ひた、と私を見すえる。どこか恍惚とした表情で言った。

「もしかしたら、君の居場所なんて、世界中を探したってないのかもしれないね」

「～～～ッ！　ふざけないでよ!!」

思わず罵倒してしまった。冗談にもほどがあるだろう！

「もういいです。ありがとうございました！」

怒りに任せ、背を向けて走り出した。

――帰ろう。みんなのところへ。やっぱり、あんな奴の誘いに乗るんじゃなかった。

一刻も早く幽世に戻りたかった。あそこには私の居場所がある。記憶が戻るまでの一時的なものだけど――私を受け入れてくれる場所が。

「……待ってくれ！」

ふいに手首を摑まれた。振り返ると、息を切らした小菅の姿がある。

「怒るなんて思わなかった。許してくれ」

「触らないで。もうアンタに振り回されるのは懲り懲りなんだからっ！」

振り払おうとしたが、小菅の力は強くてびくともしない。

「離してよ」

涙目で睨みつけた私を、小菅は困り顔で見つめている。

「悪かった。正直、配慮が足りなかったとは思っているよ。でも、君の居場所がない可能性があるのは事実だろ？　嘘は言っていないはずなんだがね」

煽るような態度に、ますます涙がこみ上げてきた。

「ひどい。なんでそんなこと言うの。どこまで人を馬鹿にすれば気がすむのよ!!」

「なんでって」

キョトンと目を瞬かせた小菅は、さも当然のように言った。

「だって君――生身の人間じゃないだろう。魂だけの存在。幽霊だ」

「…………。は？」

——ぼた。ぼた、ぼた、ぼた、ぼた。

思考が止まったとたん、雪が地面に落ちる音が聞こえた。かすかな音だ。普通なら聞こえるはずもなかった。衝撃的すぎる言葉から逃げたくて、知らず知らずに別の音に集中しようとしている自分がいる。

「嘘でしょ」

ぽつりとつぶやいた私に、小菅は「気づいてなかったのかい」と、呆れ声を出した。

「びっくりだな。それにしたって間抜けだ。普通は気づきそうなものなのに」

私の服を指差しながら、小菅は少し戯けた調子で続けた。

「だって不自然だろう。君が百鬼夜行にまぎれこんだ時期は夏だったはずだ。なのに、君はいつだって冬服を着ていたね。どんなに暑かろうとも疑問にすら思わなかったのではないかな。そもそも、暑さ・寒さに対してとても鈍感になっていたのでは？　私を助けようと沼に入った時だって、寒がる様子をちっとも見せなかったじゃないか。無意識的に、火には当たっていたようだったがね。ちっとも温かそうではなかったけれど」

——ふと思い返すと覚えがあった。

真夏の竿燈まつり。浴衣の人も多い印象だった。でも……私は長袖だった気がする。

秋頃、高い尾根に登った時、寒がるカゲロウをよそに私はどうしていた？　相手を気遣ってはいたものの、自分には無頓着だったのではないか。湯西川温泉へ向かうため、オープンカーに乗った時だってそうだ。とんでもなく寒かったはずなのに、私は普段どおりの恰好のままで熟睡していた。

「あれ……」

そもそも、ここさいきん着替えをした記憶がない。

ふいに手の中へ視線を落とした。自動販売機から出したての熱々のココア。小菅は熱がっていたのに……。私はどうして平気なの。

「それにだ。ここ最近、生身の人間と話した記憶はあるかい？」

「え……？」

「カゲロウや小野以外だ。現世で会った人間は、君をちゃんと見てくれた？」

ふいに真夏の新宿を思い出した。混雑している横断歩道。点滅する信号機。ぶつかりそうになる歩行人。ちゃんと前を見て歩けと、苛立ったのを覚えている。

たとえば、彼らに私の姿が見えていなかったとしたら？

ぶつかりそうになったのは当然ではないか。

「これでわかっただろう？　君が実体を持たない存在なのはたしかだ。生き霊か死霊かは、わからないけどね」

「うう……」

小菅の言葉を否定したくて、必死に記憶を探った。

人間と会話ができそうなチャンスはいくらでもあったはずだ。湯西川温泉で出会った工事関係者の男性、ネカフェの店員、買い出しの時の店員。でも——どのタイミングでも、いつだって誰かが対応を代わってくれていた。

なんで？　どうして？　私は——普通の人間じゃないの？

目の前がまっ暗になって、ヘナヘナと地面に座り込んだ。

雪で濡れているはずなのに——ちっとも冷たくない。

「うううううううう……」

すべてがひとつの結論を指していた。

だとしても、認めたくない。認められるはずがない。

私は生きている。幽霊じゃない。ちゃんと——生きているはずだ。

「嫌だ、嫌だ、嫌だ……！」

現実を直視したくなくて硬く目をつぶる。

瞬間、ずきんと頭に針を刺すような痛みが襲ってきた。

必死に耐えていると、脳裏に見たことのない光景が蘇ってくる。

『あなただけでも逃げて』

優しそうな顔つきをした人が、昏い部屋の中で私に声をかけていた。

薄暗くて狭い、埃っぽい部屋。そこに壮年の女性がいる。涙で目もとを濡らしながら、真摯なまなざしを私に注いでいた。まったく見覚えがない人物だ。

でも——そのまなざしがあまりにも優しくて。

声が柔らかくて、そこにあふれんばかりの愛情がこもっているのが理解できて――

忘れちゃいけない人だと思った。同時に、思い出したいと強く願う。

だけど、そうしちゃいけないとも感じるのだ。

『すべてを忘れて幸せになるの』

記憶の中の彼女はこうも言っていた。

なぜかはわからないが、想いを裏切ってはいけない気がする。

思い出したら、きっといまより不幸になるだろう。そういう奇妙な確信があった。

「なんで、カゲロウは教えてくれなかったんだろうね」

ハッと正気に立ち戻る。そろそろと顔を上げると、すぐ目の前に小萱が立っていた。

「君を都合よく利用したんだ。もしくは、普通の人間じゃないとバレたら不都合なことがあった。きっとそうだ。ひどい奴だな。ああ……可哀想な雪白くん！」

次々とカゲロウを否定する言葉を吐く。不信感を刻み込むように「悪辣《あくらつ》な奴だ」「なにを企んでいたんだか」と続けると、ぎゅうっと力強く抱きしめてきた。

「……ッ！」

他人の汗と染みついた煙草の臭いがして、反射的に突き放そうとした。すんでのところで躊躇する。すすり泣く声が聞こえてきたからだ。

「なんでこう辛い想いをしてまで、私たちは生きなければならないのだろうね」

小萱がボロボロと大粒の涙をこぼしていた。大人げない嗚咽を上げて、母親にすがりつく子どものように腕に力をこめてつぶやく。

「苦しいね。辛いね。無力な自分が恨めしいね。ねえ──」

涙まじりになりながらも、小菅はいやにはっきりと言った。

「ふたりで〝化け仕舞い〟をしないか」

「は……？」

「いいだろう？　辛く苦しい今生に終わりを告げるんだ。両手足を同じ紐で縛って、水葬にしてもらうんだよ。きっとふたりなら怖くない。旅は道連れ、世は情けって言うだろう。小野じゃなくても〝化け仕舞い〟ができる役人を知ってるんだ……」

「ま、待って。待って!!」

慌てて小菅の体を引き剝がした。

嫌な予感がしてならない。この人、なにを言い出すの。

これじゃまるで──心中の誘いだ。

「冗談はよして」

「冗談なわけがあるか」

小菅はいたって真剣だった。だからこそ恐ろしい。

「頼むよ。頼む。お願いだ。一緒に。どうか、一緒に」

鼻息も荒く、私の手首を摑んで迫ってくる。いつも青白い顔が赤らんでいた。腕に指が食い込んで痛い。ぬるい鼻息が首筋にかかった。全身が粟立つ。力じゃちっとも勝てそうにない。助けて、と悲鳴を上げそうになって、はたと気がつく。

——私は普通の人に見えないんだ。

これじゃ、誰も助けになんか来てくれない。どう考えても逃げられそうになかった。

「やだ。やだよ。いやああああああああっ！」

思わず絶叫した瞬間、

「なにをしてる!!」

「ぐうっ!?」

ふいに誰かが横やりを入れた。

鈍い音がして小菅が吹っ飛ぶ。誰かが腹を蹴り飛ばしたのだ。

啞然としていると、男性が目の前に立ったのがわかった。

ハイネックのシャツに羽織。洒落た和洋折衷を着こなした男は——カゲロウだ。

「大丈夫か」

鈍色の雪景色の中で、彼の夜空のような瞳がひときわ綺麗に輝いていた。

「あ……」

じわじわと安堵感が広がっていく。

差し出された手に触れようとして——思わず躊躇してしまった。

そうだ。カゲロウは……私をだまそうとしたかもしれない人だ。

「……？」

戸惑いを隠せないでいると、カゲロウは首を捻りながらも強引に手を繋いだ。ぐいっと引き上げて、ごく自然な仕草で抱き留める。優しく頭を撫でて、耳もとでささやいた。

「捜したんだぞ。よりによって小菅についていくなんて。心配させるな」

たくましい腕の中に閉じ込められ、ドキ、ドキ、ドキと心臓が高鳴った。

「な、なんでここが……？」

「現世にいるあやかしに訊ねたんだ」

「そう、なんだ」

淡々とした答えに曖昧にうなずきを返す。

カゲロウは目もとを緩めると、心の底から安堵した様子で笑った。

「……無事でよかった」

とろけるように優しい声。じわりと胸の中心が温かくなった。

「あの。えっと」

カゲロウの匂いがする。彼の手が私に触れているというのに、小菅の時のような不快感はまるでなかった。不思議だ。むしろ安心するような……。彼から放たれるひだまりみたいな気配は、不安で曇りつつあった私の心に一筋の光を差し込んでくれた。

「カゲロウッ!!」

痛みに悶えていた小菅が声を上げた。

ジロリと血走った目で睨みつけ、口角から泡を飛ばして叫ぶ。

「彼女に触れるな。私のだ。私と一緒に死ぬんだッ!!」

「いい加減にしてくれ。雪白に迷惑をかけるな」

「幼気な少女に真実を隠し、あまつさえ利用しようとした奴がなにを言う!!　彼女は最初から幽体だった。意図的に隠していたんだろう。詐欺師。外道め。なにを企んでいる！」

「……それは」

　カゲロウが困り顔になる。そっと私を見つめて訊ねた。

「気づいたのか？」

「うん……」

「そうか」

　ぽつりと答えた彼に、たまらず問いかけた。

「私を利用するために隠してたの？」

　懸命に絞り出した声は震えていた。カゲロウはかぶりを振って笑う。

「違う。気づいてないみたいだったからな。不安にさせないために言わなかっただけだ」

「そうだよ、雪白ちゃん」

　ふいに飄々とした声が聞こえた。小野のオジサンだ。ハットにチェスターコートを粋に着こなしたオジサンは、肩についた雪を払いながら、どこかホッとした様子でいる。

「考えてもみて。記憶をなくした少女を、わざわざ不安にさせる必要はないでしょ。幽世で過ごすぶんには、普通の人間と変わらずいられるわけだし。でも、落ち着いた頃にちゃんと言うべきだったと思うよ」

ジロリと小菅に軽蔑のまなざしを向ける。

「こういう不届きな奴に利用される前にね。僕らのミスだ。ごめんよ、雪白ちゃん」

どうやら、知らぬ間に気遣われていたようだ。

だまされていたわけでも、利用されていたわけでもない。

その事実は私を心底安堵させ、同時に疑問をくっきりと浮かび上がらせていた。

「ね、オジサン。……私は死んだの？」

「死んでない。冥府の役人である僕が保証するよ。そもそも、死霊だったら放っておくわけないだろ。迷える魂を導くことも仕事のひとつなんだから。でも——雪白ちゃんは対象じゃない。意味はわかるね？」

「……私の体はいまもどこかで生きている？」

「正解！」

安堵の息をもらすと、カゲロウが話を引き継いで言った。

「とはいえ、あまり長いあいだ霊体でいるのはよくない。お前が来てからすぐに、冥府に頼んで、同じ名前の意識不明者を探させていたんだ」

「そうだったんだ。ごめん、疑ったりして……」

「構わない。説明しなかったこちらにも非がある」

くすりと笑んだカゲロウは、どこかバツが悪そうに眉尻を下げた。

「……まあ、まだ該当者は見つかっていないんだがな」

冥府の力を使ってもお手上げらしい。珍しいことだと、オジサンは語った。

「不思議なんだよね。意識不明者なんかは、リスト化しておいてあるはずなんだけど……。どこにも君の名前はなかった。冥府の情報網にもまるで引っかからない。君の体は、普通の医療機関にはないのかもしれないね。おかげで、調査にこんなに時間がかかっちゃってる。ごめんね、不安だったよねえ。放置してたわけじゃないんだけどね……」

オジサンは、しょんぼりと肩を落としている。

「きっとすぐに見つかるさ」

カゲロウは私を励ますみたいに、ポン、ポンと頭を優しく叩いた。

「そっか……」

とたん、気が抜けてしまった。なにも焦る必要はなかったのだ。彼らがちゃんと私のために道筋を立ててくれていた。

「なんだよ。なんでだよ！」

ふいに小菅が大声を上げた。血走った目で私を睨みつけ、髪を振り乱しながら叫んだ。

「さっきまであんなに絶望していた癖に。勝手に救われるなよ。詐欺師の甘言なんか聞くな。私だけを信じて……うう、ううう。頼む。頼むから……ううう っ！」

「小菅さん……」

痛々しい様子に胸が苦しくなっていると、カゲロウがため息をこぼした。

「雪白。コイツの話は聞かなくていい。誰が詐欺師だ。人に言えた義理じゃないだろう。そもそもアイツは小菅なんて名前じゃない。――太宰治《だざいおさむ》だ」

「だ、太宰って……！」

さすがの私も、その名前くらいは知っている。数々の名作を残した昭和の文豪。何度も自殺未遂を繰り返し、ついには玉川上水《たまがわじょうすい》で愛人と心中を成し遂げた男だ。

「小菅さんは、太宰治の……亡霊？」

「ついでに、いつだって心中相手を探してる困った奴だ」

初めから、小菅は私を道連れにするつもりだったのだ。なぜ彼がカゲロウに許可を求めるのをかたくなに拒んだのか。どうして私に親身にしてくれたのか……。

すべての行動に合点がいって、全身に怖気が走った。

「残念だが、幽世の住人はいい奴らばかりじゃない」

「それ、お菊さんにも言われました……」

「だよな。アイツ、すごく心配していたぞ」

じわりと視界がにじんだ。

彼女の言葉を真剣に受け止めなかった自分が恨めしい。

「帰ったら、ごめんなさいって謝ろうと思います。それからありがとうって」

「そうだな」

カゲロウは私の背中を優しく撫でている。ふいに小菅に厳しい視線を向けて言った。

「……で、コイツはどうする。小野さん」

「もちろん。厳正な処分を下すつもりさ」

ジロリ、凍りつくようなまなざしで小菅を見下ろす。

「オジサン怒ってるんだよねえ。可愛い雪白ちゃんにこんなことしてさ！」

「ひっ……」

ポンと小菅の肩に手を置いて、天使みたいな笑みを浮かべて言った。

「そうだ！　処分もいいけど、〝化け仕舞い〟させてあげるのもいいかもね。終わりたいなら終わらせてあげるよ。現世に〝心残り〟もないようだし。望むところだろ？」

コクコクと小菅がうなずく。へらっと表情が緩んだ。

「じゃ、じゃあ。雪白くんと一緒に――」

「んなわけないだろ。ひとりでやれ」

「――ッ！」

小菅が絶句している。単独での〝化け仕舞い〟は、心中相手を求めてやまない彼にとって、なによりの罰かもしれない。

「うん。これで決まりだね」

オジサンはいつもどおりの飄々とした口調で笑った。

＊

　カゲロウたちに連れられ、幽世に戻った私はおおぜいのあやかしたちに出迎えられた。

「雪白！」

「大丈夫だったかい」

「おとろしっ！　おとろしっ！」

「きゃん、きゃん、きゃんっ」

　ひとつ目の鬼、鬼婆に、ポチくんに小狐たち。彼らは私を見るなり一様にホッとした様子だった。温かい出迎えに心から嬉しくなる。少なくとも、百鬼夜行には私の居場所があるのだと感じられた。

「アンタ……」

　険しい顔をしたお菊さんが立ち尽くしている。

　──謝らなくちゃ。

　覚悟を決めて一歩踏み出す。

　ぱあん！　頬に鋭い痛みが走って──すぐに、強く抱きしめられた。

「馬鹿。馬鹿。ばかっ！　なに考えてんだい。あんなぼんくらにだまされるなんて！　アイツと消えたって知った時、どんだけ肝が冷えたか！　変なことされてないだろうね。怪我は？　ああもうっ！　あんだけ口酸っぱく言ってたってのに。アンタって子は……」

ブツブツ、ブツブツ。文句が止まらない。

正直、ちょっといたたまれなかった。悪いことをしてしまったなあとも思う。

「ごめんなさい。心配してくれてありがとう……」

お菊さんはハッとしたように私に背を向けた。

「ぶ、無事だったなら、それでいいさ」

居心地悪そうに首筋をかく。耳が真っ赤に染まっていた。

――やっぱり好きだなあ。お菊さん。

じんわりと胸の中に温かい感情が広がっていく。思わず笑みを浮かべた。

「離せッ！　こ、こんなやり方は嫌だッ……！」

ふいに小萱のわめき声が聞こえてきた。屈強な鬼たちに小萱が担がれている。彼らは、
沼の縁に設えられた儀式の場へ小萱を連れてきた。といっても、木で組まれた祭壇の周りに、いくらかのかすみ草が飾られているだけの簡素な造りである。

「あ、こっちに置いてくれる？」

笑顔で出迎えたのは、〝化け仕舞い〟では定番となった衣装をまとったオジサン。

地面に転がった小萱を足蹴にすると、にこやかに言った。

「じゃあ、これから〝化け仕舞い〟をしたいと思いま～す」

とたん、小萱の顔が真っ赤になった。

「ふざけるな。神聖な儀式をなんだと思ってる!!　な、なんだこれは。お粗末な。死に装束すら用意してくれないのか。死は美しく飾られるべきだ。なのにお前は――」

「黙れ」

小菅の言葉を遮ったのはカゲロウだ。

「なら、やめるか？　雪白を道連れにしようとしたこと……俺は許していないぞ」

さあっと小菅の顔から血の気が引いていく。観念したように「わ、わかった」と情けない声を出した。肩を落として、ざぶざぶと沼の中に入っていく。彼の希望どおり、水中での儀式になるようだ。

「あの。小菅さん！　ひとついいですか」

思わず引き留める。〝化け仕舞い〟をする前に、彼に聞きたいことがあった。

「どうしてまた死のうとするんです。いまのあなたは、過去の太宰治とは状況が違う……と思うんです。当時は死んじゃいたいくらいの悩みがあったのかもしれないですけど、なんでいまさら死に急ぐのかわからなくて」

「ハハッ」小菅は乾いた笑みを浮かべた。

「君は馬鹿者だな。死を選ぶのにたいそうな動機なんているはずもない。ささいな理由があればじゅうぶんだ」

「……だから、生前も入水自殺を？」

とたん、小菅の表情が曇った。

「どうだかね。〝津島修治《太宰治》〟が、どう思って心中したかなんて……知らない」

沼の水をすくい上げる。手の中に視線を落として続けた。

「私のすべては太宰でできている。なぜなら、小説や風説、他人が語った話が作り上げた〝太宰治像〟だからだ。語る言葉ですら、ほとんどが太宰に由来しているのだよ。『晩年』『パンドラの匣』『ヴィヨンの妻』『散華』……」

小菅がさんざん引用していた文章は、太宰の作品から引いたものだったらしい。彼の行動、思想、すべてにおいて文豪の影響を色濃く受けていた。

「そんなの地獄だろう？」

小菅は泣きそうな顔で言った。

「自分であって自分じゃない。太宰？　知るか。もういない人間だ。でも――ふと己を振り返るたび、行動のすみずみにまで他人の気配がする」

脱力して両手を下ろす。指先が水面に触れると、いくつもの波紋が広がっていった。

「私は私だ。けど、太宰でもある。私が積み重ねた経験値は私のものじゃない。すべて太宰のもの。つまり、私には私だけと言える人生がない。……死にたくもなるさ」

だから〝化け仕舞い〟を渇望するのだ、と小菅は笑む。

「自分らしく生きるためには、次の生へ進むしかない。すべてを捨て去り、表舞台から退場する。これしか手段は残されていないんだ」

背を向けて歩き出す。水をかき分けながら彼は続けた。

「だが、これだけは言える。〝化け仕舞い〟は逃避ではない。みごと転生した暁には、太宰を超えるほどの大作を書き上げてやるつもりだ」

――どこまでも変わった人だな。

遠くなっていく背中を見ながら、ふと思った。

文豪の亡霊である自分を呪いながら、それでもなお創作しようとしている。

小菅はどうあがこうとも文筆家だった。おそらくそれも太宰の影響だ。

でも――彼が言うとおり、本当に自分だけの人生がなかったのだろうか。

「あのっ！　小菅さんだけの人生って本当になかったんですか？」

なんとなしに声をかける。伝えたいことがあった。

「賞に作品を応募したって言ってましたよね。少なくとも、亡霊のあなたはひとつの物語を完成させた。もしかすると、太宰の作品を真似したものだったかもしれないですけど……でも、創作できるのは生者だけの特権じゃないですか！」

死んだ人間は新しく物語を創造できない。それはまぎれもない事実だ。

「だから！　賞レースの結果はどうあれ、新しい小説を書いていた時間は、確実に小菅さんだけの人生って言えると思うんです。まあ、どう思うかはあなた次第ですけど！」

「………………」

小菅が足を止める。ゆるゆると振り返った彼は、

「本当に君は。お気楽な奴だ」

　なんだか気の抜けた笑みを浮かべていた。

小菅の〝化け仕舞い〟は、あっという間に終わった。

大樹から淡く差し込む木漏れ日が、沼の表面をきらきら輝かせている。

ともすれば神聖さすら感じさせる光景の中――

「かの者を輪廻へ送り奉り候！」

小野のオジサンの声と同時に、彼は水中に身を遊ばせた。ぷかり、透き通った水中に身を任せると、蝶の羽のように着物の袖が広がった。水底に沈んだ過去の遺産たちが、水上で浮かぶ小菅を物言わぬまま見つめている。

するると、水中から緑色のなにかが伸びてきているのに気づいた。水草だ。沈んだ看板や家財道具の間からするすると姿を見せる。過去の遺産たちが手を伸ばしているようだった。気づいた時には、いくつもの蔦が小菅の体に絡みついている。ゆるゆると緩やかに葉を伸ばした蔓は、水面に大きな葉を広げ、いつしか美しい花を咲かせた。

睡蓮だ。淡い桃色の花が咲き誇る頃になると、小菅の体はほとんど水中に沈んでしまっている。彼は顔だけを水上に出し――天へ手を伸ばしてつぶやいた。

「〝よい仕事をしたあとで
　一杯のお茶をすする
お茶のあぶくに

きれいな私の顔が
いくつもいくつも
うつっているのさ

どうにか、なる〟」

そして最後の言葉を紡いだ瞬間、

――とぷん。

小菅の姿は水の中に消え失せた。

*

「……終わっちゃいましたね」

静寂を取り戻した森に、私の声が響いている。

――〝自分らしい生〟とはなんだろう。

私の中には、そんな疑問がグルグルと渦巻いている。

記憶をなくし、過去を思い出せない私に〝自分らしさ〟なんてあるのだろうか――

「大丈夫か」

ふいにカゲロウが声をかけてきた。

「問題ないです。たぶん」

笑おうとする。でも、なぜだか泣き笑いになってしまった。

——弱ってるなあ。疲れているのかも。

だって、今日はすごく大変だった。小菅とふたりで秘密の小旅行、手がかりを見つけたと思ったのに空振りして、自覚してなかった正体を知って……。

——そうだ。私って幽霊だったんだ。

正直、実感はなかった。これまで普通に暮らしてきた。いままで自覚なしでいられたのは、カゲロウたちがしっかりとフォローしてくれたおかげなのだろう。

「小菅さんめ。でっかい宿題を残して逝っちゃうなんて。……でも、彼がいなかったら、自分が幽霊だって知らないままだったろうな。お礼くらい言ってもよかったかも」

心中のお誘いは勘弁だけど、その点だけは感謝している。

ぽつり、とつぶやいた時、カゲロウが意表を突くようなことを言った。

「大丈夫だ。すぐに言える」

「へっ……？」

思わず変な声をもらした瞬間——

ぶくぶくぶくっ！　水中からいくつもの水泡が立ち上ってきた。

「うわああああああっ!!　く、苦しい。死ぬ。死ぬかと……」

ゲホゲホ咳き込みながら姿を現したのは、まぎれもなく小菅だ。

「はい！　回収頼みま～す！」

いまにも溺れそうな彼を見つけたとたん、オジサンが号令をかけた。鬼や源治郎、あやかしたちが、水に浸かった小菅を豪快に引き上げる。まっ青な顔になった小菅は、ズルズル引きずられながら叫んだ。

「くそおおおっ！　また死に損ねた！」

「はいはい。生きててよかったね～。お菊さん。着替えを持って来てくれる？」

「仕方ないねえ」

大騒ぎしている小菅をよそに、周りのあやかしたちはすでに火を起こし始めていた。なんだろう。すごく手慣れているような……？

「ど、どういうこと……？」

状況がわからず訊ねると、スマホを操作していたカゲロウが笑った。

「言ってなかったか？　誰だって〝化け仕舞い〟ができるわけじゃないんだ。現世での知名度が高かったり、親しまれ続けたりしていると失敗する」

彼が見せてくれたのは、ＷＥＢのニュースサイトだった。太宰治の『人間失格』が他国で大ヒット中らしい。なんと百万部突破したのだとか。

「お、ゲームで太宰治モチーフのキャラクターが新登場なんてニュースもあるぞ。おい、小菅。人気者はこれだから困るな？」

「……ッ!?!?!?」

衝撃の事実を聞かされた小菅は、顔を赤くしたり青くしたりしている。

仕舞いには、かくりとうなだれて肩を落とした。

「絶望だ。いつになったら〝化け仕舞い〟ができるんだ……」

どうやら、神やあやかしと違って、太宰治という人間はまだまだ〝存在感〟があるようだ。本人からすれば一大事だろう。でも——なんだか笑ってしまった。

「小菅さん、おかえり！」

声をかけると、小菅はなんとも言えない顔になった。

「……ただいま。戻りたくて戻ったンじゃないがね！」

濡れた髪をかき上げる。懐をゴソゴソ探ったかと思うと、びしょぬれの煙草を見つけて渋い顔になった。

「君には迷惑をかけたと思っているよ。生き霊だと知れてよかったじゃないか。まあ、厄介だという点は変わらないが。ああ、でも——記憶が戻らない方が君にとってはいいのかな。ずいぶん百鬼夜行に馴染んでいるし、里心がついてしまっているようだから」

「……ッ！　な、なにを」

動揺をあらわにした私に、小菅は仕返しとばかりに悪戯っぽく笑んだ。

「なにって。電話ボックスの外でずいぶん思い悩んでいたじゃないか。記憶が戻ったらどうしようかって」

「み、見てたんですか」

「そりゃあ、あんだけ大声で叫んでたら」

「……！」

顔を真っ赤にした私に、小菅は皮肉な笑みを浮かべた。

「青春。これこそが青春だ。実に青々しくて目がつぶれそうだよ」

捻くれた発言に頭を抱えたくなっていると、強烈な視線を感じた。そろそろと振り返ると、場に居合わせたあやかしたちがニヤニヤ笑っているではないか。

「ほほ～」

源治郎が無精髭をショリショリこすっている。にんまりと妖しく笑って言った。

「雪白。お前……もしかして、俺らのこと大好きだろ」

「……！　あの、そ、それは……!!」。

「ワッハッハ。言わなくてもわかってる。お前の愛、ちゃんと受け取ったぜ」

「あ、愛ってなによ～!!」

「照れるな、照れるな」

ワハハハハ！　あやかしたちの間から笑い声が上がる。

恥ずかしくて照れ臭くて。いたたまれなくなりながらも、必死になって言った。

「だって！　せっかく仲良くなったのに、記憶が戻ったらお別れなんて寂しいでしょ」

しん、と辺りが静まり返る。真顔になったあやかしたちに話を続けた。

「だけど、記憶は戻った方がいいと思うし。そしたら、現世に戻らないといけないし。なにがいちばんいいのか、わからなくなっちゃった」

涙腺が熱を持ち始めた。泣いたら駄目だ。みんなを心配させてしまう。

必死にこらえていると、ぽん、と誰かが頭に手を乗せた。

「そうか」

カゲロウは静かに微笑むと、あやかしのみんなに顔を向けた。

「なあ、もしコイツが現世に戻ったとしても、また行列に招いてもいいよな？」

「えっ……？」

驚きを隠せないでいると、あちこちから賛同の声が上がる。

「もちろん！　近くに寄ったらぜったいに顔を見せる」

「会うたびに現世のニュースを聞かせてくれよ。人間は嫌いだが、現世自体が嫌になったわけじゃないしな。なあ、お菊もそう思うだろ？」

唐突に話を振られたお菊さんは、ぱちぱちと目を瞬いて、そっぽを向いた。

「ま、いいんじゃないかね。行列の邪魔にならなければ」

「おお。聞いたか雪白。大歓迎だってよ～！」

「なっ……！　そんなこと言ってないだろ!!」

とたんに大騒ぎになる。誰もがニコニコしていた。口を揃えてこう言ってくれる。

「「あやかしを忘れないでいてくれるんだろ？　これからもよろしくな！」」

……ああ。みんな、私を受け入れてくれているんだ。嬉しかった。最初はあんなに毛嫌いしていたのに——記憶が戻った後も友人であろうと願ってくれている。

やっと理解できた。たとえ記憶が戻ろうとも、彼らとの繋がりは切れない。

生きる場所が違っても、いまを生きている事実は変わらないんだ。

会おうと思えば会える。私たちが同じ時代を生きている限り。

「みんな、こちらこそよろしくね……！」

笑顔で告げた私に、あやかしたちは温かい拍手を送ってくれた。


「うまくまとまったようでよかったじゃないか」

大盛り上がりの私たちを、小菅が斜に構えて見つめている。

彼は、濡れてしまった着物の袖を絞りながらこう続けた。

「ともかく、だ。なにはともあれ、私は君をこのまま放っておくべきではないと思っている。若人をいつまでも幽世に縛り付けておくなンて不健康だ。青春は一度きり。この瞬間も、雪白くんの貴重な時間は過ぎ去っていっているンだから」

「……君に正論を吐かれると、すごく苛立つのは僕だけかなあ」

「黙れ、冥府の犬め。そもそも、こんなにも長期にわたって若人を拘束する羽目になったのは、すべてお前たちが無能だからだろう」

「返す言葉もないね。ま、サボっていたわけではない、とだけは強調しておくけど」

オジサンは軽く肩をすくめて、小菅を挑戦的な目で見やった。

「じゃあ、君ならどうする？　そこまで言うんだ。なにか意見があるんだろう？」

「もちろんだ。彼女には多少罪悪感を覚えているからね。それなりに考えてみた」

――多少……。

傲慢な物言いにうんざりしつつも耳を傾ける。元が文豪なだけあって、小菅の聡明さは間違いない。もしかしたら、記憶を取り戻すきっかけになるかもしれなかった。

「そもそも、だ。雪白くんが、狙いすましたように百鬼夜行に遭遇した時点で不自然じゃないだろうか。幽世は広い！　たまたま迷い込んだのだと仮定しても、偶然というにはいささか奇妙だとは思わないかね」

「……誰かの意図が絡んでいるとでも？」

「そうだ。百鬼夜行は特別だ。あらゆるあやかしが身を寄せる。ここは、現世に絶望を抱えた異類の希望なんだよ。現世で困ったら、百鬼夜行に頼ればいいとみなが考えている。〝導きの鈴〟がそれを証明しているだろう？」

業や蛍もそうだった。彼らが頼ったのは、他の誰でもない、ワタリであるカゲロウだ。

小菅は人差し指を立てると、フフン、と得意げに笑った。

「そこでだ。誰か――そう。百鬼夜行の存在を知っている〝誰かさん〟が、雪白くんを幽世に送り込んだとは考えられないだろうか」

「〝誰かさん〟……？」

「そうだ。君を幽世に送り出すため、なにがしかの策を弄《ろう》したあやかしがいる」

「なんでそんなことを……?」

　小萱は「さあね」と首を横に振った。

「詳しい事情なんて知るものか。あくまでこれは推察だよ。だが——考えてもごらん。意識不明者である君の体の所在はわかっていない。冥府がこんなに手こずるなんて。おそらく普通じゃない状況に置かれているのだろう。そんな君を、〝誰かさん〟は助けたいと願った。君とは、なんらかの因縁があり、無理を押し通してもどうにかしてやりたい思う関係だったのだろうね。あやかしは人から生まれた。人を愛し、愛されたいとずっと願っている。恩を感じた相手を助けたいと願っても、別に不自然ではないと思うがね」

「私は、誰かが送り出してくれたから、ここにいる?」

　口に出してみると、信憑性が高いように思えた。

　私が幽世に来た理由に、誰かが関与した可能性は少なくないようだ。

　でも、誰が……?

　必死に記憶を探る。なにかが思い出せそうな気がした。

「ううっ……」

　とたん、強烈な頭痛が私を襲う。思わず頭を抱えてしゃがみ込んだ。

「雪白!?」

　カゲロウが戸惑った声を上げる。だけど、大丈夫だなんて強がる余裕はなかった。見知らぬ光景が脳裏に浮かび上がる。昏い部屋。優しそうな女性。伸ばされた手……。

『あなただけでも逃げて』

どこか切羽詰まった声──

頭痛が更に激しくなっていく。

耐えきれなくて地面に手を突くと、ふいに耳もとで声がした。

「見つけた」

知らない声。嗄《しゃが》れていて、真冬の夜みたいに冷え切った声だ。

「う……」

瞬間、地の底へ体がひっぱられるような感覚がして──

私の意識は、深い闇の底へと落ちていった。

*

「──……」

ふたたび目を開けると、状況が様変わりしていた。

私は暗い部屋にある寝台の上に横たわっているようだった。ピッ、ピッと電子音が聞こえる。視界の隅に青白い光を放つモニターと点滴が見えた。寒い。口内がカラカラだ。喉がひりつくほどの渇き。体を動かそうとしてもままならない。四肢が鉛のように重かった。

──なにがあったの……!?

私は幽世にいたはずだ。百鬼夜行のみんなは？　カゲロウは？　私はどこにいるの。

混乱の極致に陥っていると、誰かが近づいてくるのがわかった。

「ようやく戻って来ましたね」

蠟燭の淡い光が、人物の姿を照らし出した。老齢の女性だ。真っ白な髪を綺麗に結い上げ、なんの感情も含んでいない瞳で私を見下ろしている。

「もどっ、た……？」

言葉の意味がわからずにいると、老女はゆるゆると片手を振り上げていった。

ぱしんっ！　いきおいよく私の頰を叩く。

「愚か者!!　お役目から逃げ出すとは何事ですか!!」

「……ッ!?」

鬼の形相を浮かべ、何度も何度も手を振り下ろす。あまりにも突然で抵抗する余裕すらない。痛みに耐えながら、頭の中で疑問符を浮かべることしかできないでいた。

「はあっ……はあっ……はあっ……」

女性からの暴行は数分間に及んだ。

ようやく満足したらしい女性は、乱れた髪を直しながら私を見下ろした。

「軽率な行動を反省しなさい。あがくのはよすのです。あなたは――」

くるりと背を向け、どこまでも感情のこもっていない声で告げた。

「桜坂家のために犠牲になる運命なのですから」

明かりが遠ざかっていく。パタン、となにかが閉じる音がした。

「なん、なの……」

あちこちがひどく痛む。重い体をなんとか動かし、そっと頬を押さえた。生ぬるい液体が指先に触れる。鼻血が出ているのかもしれない。とたんに涙があふれてきた。

「うう……」

理不尽な暴力への怒りと、どうしようもない悲しみがこみ上げてきて仕方がない。

みんなはどこ。どうして私がこんな目に？

「……ッ！」

瞬間、誰かが私に触れたのがわかった。生温かな手が肩に置かれている。

嘘でしょう。そばに誰かがいる。

「やだ。なに？　誰……」

あまりの恐怖に視線をさまよわせていると、ふいに辺りが明るくなってきた。壁に格子窓があるのに気がつく。ぽつんとまんまるの月が夜空に浮かんでいた。こんなにも部屋が暗かったのは、厚い雲が月を覆っていたからだ。

「雪白」

ふいに柔らかな声が降ってきた。その声には聞き覚えがある。

泡沫の記憶の中で、何度も何度も耳にしていた声。

私を悲しそうに見つめて『逃げろ』と言ってくれたあの人だ――

「あ……」

泣きそうになりながら視線を巡らせる。私を見下ろしていたのは、壮年の女性だった。白髪まじりの黒髪。白い装束の上に打ち掛けを羽織っている。やつれた青白い顔。丸い瞳を悲しみの色に染めたその人は、どこか私に似ていた。

「戻ってしまったのね」

その時、すべてを思い出した。

どうして、私が百鬼夜行に出会ったのか。

どうして、目の前の人が悲しんでいるのか。

「……お、お母さん。ごめんなさい。せっかく逃がしてくれたのに」

なんとか絞り出した声は、どうしようもなく震えていた。

第四章

因習の果てに花を繋ぐ

「……ご当主様もひどいお人だ。こんなに折檻《せっかん》する必要はないだろうに」

私の手当てを終えた医師は、哀れみを含んだ声で看護師へ話しかけた。

蔵を改造して作られた座敷牢の中は、以前と変わらず薄暗い。格子窓からもれる日差しの中に埃が舞っている。壁際には二組の布団が畳まれていて、少なすぎる調度品には真新しい赤いしぶきが飛んでいた。

「ご当主様は苛烈《かれつ》な方ですからね。怒りが抑えきれなかったのでしょう」

しぶきを拭き取った看護師の女性は、次に診療道具を片付けながら言った。

「それにしても、見つかってよかったですね。まさか幽世に逃げ込んでいるなんて。捜索に当たっていた呪術師たちも、いまごろはホッとしているでしょう」

「よく連れ戻せたものだな。呪《まじな》い？　いや、陰陽術だったか？　ヘンテコな術で魂を呼び戻したとか。私には、ちっとも理屈がわからないが」

「……私だってわかりませんけどね。桜坂家付きの呪術師たちは不眠不休で捜索に当たっていたみたいですよ。悠長にしている時間はありませんでしたから——」

室内には、常に心電図の電子音が響いていた。寝台の横には、ゴチャゴチャと医療機器が設置されていて、天井から吊り下げられたモニターがなにがしかの数値を示している。

座敷牢には不釣り合いに本格的な設備を眺めた彼女は、そっと息をもらした。

「座敷童にしてもいい人間は貴重です。雪白様が戻らなかったら、桜坂家の没落は時間の問題だった。それに、冥府に桜坂家の所業がバレたら……わかりますよね？」

コクリと唾を飲みこんだ医師は、気まずそうに視線をそらした。

「それはそうなんだが。だからと言って娘を折檻していい理由になるのかね？　万が一にでも死んでしまったらと思うと……ゾッとする」

「………………。ご当主様は責任感の強いお方です。いつも一族全体のことを考えている。お役目を捨てて逃げた雪白様に、怒りを覚えるのは当然……なんじゃ、ないでしょうか。だから、私たちが呼ばれたんでしょう。娘を死なせないため。尻拭いをさせるために」

ややや乱暴な手付きで、茶色い染みがついた包帯をごみ袋に放り込む。「本家には逆らえませんからね」と、ふたりとも苦しげな表情だった。罪悪感を抱いているように見える。

――この人たちなら……。

そう思った私は、立ち上がった看護師の服をそっと摑んだ。

「……ッ！」

驚きの表情を浮かべる彼女に、必死に訴えかける。

「たす、けて……」

やっと絞り出した声は、聞き取れないほど掠れていた。

女性は苦しげにまぶたを伏せると、私の手を外して顔を背けた。

「ごめんなさいね」

手早く荷物をまとめ、医師と共に牢から出たその人は、別れ際に悲しげに言った。

「助けられない。私は……私たちは、あなたたちの犠牲の恩恵を受けている側だもの」

ギイ、と蝶番が軋んだ音を立てる。牢の扉がゆっくりと閉じていった。動くこともままならずにぼうっと眺めていると、ふいに誰かが手に触れた。

「雪白。大丈夫……?」

私の母だ。

彼女は悲しげに表情を歪め、腫れた私の頰をそっと撫でた。

「……どうしてこんなことに」

透明なしずくが母の目からこぼれる。じゃらり。硬い音が室内に響く。母の腕には鉄の枷がはめられていた。母だけではない。私の手足にも同じ枷がはまっている。

私たち母子は座敷牢に囚われていた。

二度とこの場所からは出られない。そういう風に運命づけられていた。

――百鬼夜行のみんな、いまごろどうしているのかなあ。

別れたばかりだというのに、ずいぶんと会っていないような気がしていた。

ちらりと視線を上げる。座敷牢の壁には、仕立てて以来、一度も袖を通していない真新しいセーラー服がかけられていた。

「うう……」

あふれ出した涙が、真新しい傷にひどく沁みる。

ゆるゆるとまぶたを閉じて、すっかり忘れてしまっていた過去に想いを馳せた。

＊

私はようやく記憶を取り戻した。

桜坂雪白は普通の人間じゃない。魂だけの存在、霊体だったのだ。

座敷牢に囚われた体から抜け出し、百鬼夜行にまぎれこんだ。

すべてはこの因習に囚われた家から逃げ出すためだった。


桜坂家は岩手県遠野《とおの》にある名家だ。

大地主で、有名な政治家や医師、弁護士なんかを輩出している。そうそうたる人物が並ぶ桜坂の家系図に、雪白という人間の名は載っていない。ううん。私だけじゃない。母──紅花《べにばな》もそうだ。母や私は桜坂家の一員として扱われていない。同じ名字ではあるが、桜坂家のために犠牲になるべく生まれた存在。生贄《いけにえ》だからだ。

なぜ、そんな人間が必要なのか。理由を語るには桜坂家の歴史を遡らねばならない。

桜坂家の先祖は平安時代の貴人だ。陰陽道に通じていたというその人は、ある時、人工的に〝福の神〟を作る方法を見つけた。生きている人間の生命力を搾取し、それを〝福〟に転化するという邪法……。おかげで桜坂家はおおいに栄えた。彼らは家に福をもたらす神を、遠野の伝承に準えてこう呼んだ。

――座敷童、と。

私は代々座敷童にされる一族に生まれた。まだ特別な力は持たない。家に福をもたらす力を得るためには儀式を経る必要があるからだ。

私の先祖は、かつて本物の怪異と婚姻を結んだという。つまり、私には怪異の血が流れていた。だからこそ、座敷童という特別な役目を担える。純粋な人ではない。混ざりものなのだから、使い捨てにされても問題ない――。それが桜坂家の人々の言い分だ。

座敷童になった女たちは、生涯のほとんどを座敷牢で過ごす。とはいえ、生まれてすぐに閉じ込められるわけではない。十六になるまでは外の世界で暮らせる。すべては心身共に健康に育てるためだ。生まれた頃から幽閉していては長持ちしない。長い歴史の中で、彼らはそう学んできた。だから、生まれたばかりの頃に母親から引き離されて、生贄である事実を伏せられたまま乳母に預けられる。

――私もそうだった。幼い頃から母はいないものだと聞かされ、乳母に育てられた。

思えば奇妙な人生を歩んで来たように思う。

たとえるなら、畜産業者が家畜に接するように、桜坂家の人々は私を育てた。

住まいは本宅の中にある離れ。使用人たちは身の回りの世話を甲斐甲斐しく焼き、食事や衣服も過不足なく与えた。上げ膳据え膳で、いつだって周りは清潔に保たれていて、学校にもいかせてもらえた。健康管理のため、専任の医師までいたのだ。ある意味では大切にされていたと思う。当然だ。家のためにも私という人間を失うわけにはいかない。

――だが、家畜に自由を与える必要はない。

作為的に囲った世界の中で得られる幸福だけを与えておくものだ。

桜坂家の人間は、私が家の外に出るのをひどく厭《いと》った。幼稚園にいった記憶はない。小学校からは、送り迎えを桜坂家の使用人がしてくれた。放課後に遊ぶのは禁止。お祭りなんてもってのほか。部活動もさせてもらえなかった。おそらく、友人を作らせたくなかったのだろう。私はいずれ社会から消える人間だ。関わった相手は少ないほどいい。

クラスメイトも私には近寄ろうとはしなかった。なにせ桜坂家は大地主だ。多大な影響力を持っていたから、誰も逆らおうとはしない。ときどき、こっそり話しかけてくる生徒もいたが、いつだって誰かに見られたらとビクビクしていた。それでも、自由がない私が可哀想だと親切心を出してくれる人はいた。こっそり貸してもらったスマホで観た、有名配信者の動画がとても面白かったのを覚えている。

普通なら息が詰まるような生活。でも――私は不思議と疑問に思っていなかった。

当時の私の世界はどこまでも狭く、そして長年のノウハウを蓄積していた桜坂家のやり方は実に巧妙で――卑怯だった。

普段の生活の中で、いちばん関わりあっていたのは、乳母の田中《たなか》さんだった。彼女はいつだって私を褒めちぎり、優しくしてくれる。

「さすがはお嬢さん。将来は桜坂家のお役に立つ立派な大人になるでしょう！」

そして、最後は必ずこう締めくくるのだ。

「いつか桜坂家にご恩を返してくださいね」

「……はい！」

田中さんに褒められると、とても誇らしい気持ちになれた。

彼女は私の相談になんでも乗ってくれる。愚痴や不満、進路の相談や思春期の体の悩みにだって、親身になって話を聞いてくれた。

本当の母親のように思っていた。どんな困難があろうとも、乳母の言葉に従っていれば間違いない――……。

でも、それは私が勝手に抱いた幻想だった。

乳母は桜坂家の人間。いわば家畜の飼育員。飼われている本人に、己を取り巻く環境の歪さを、運命の時まで気づかせないのが仕事だ。

人生の転換期は突然やって来た。

あれは四月上旬の話だ。

岩手の春は遅い。庭先の桜のつぼみがまだ硬く締まっていた頃――

なんの前触れもなく、私は座敷牢に囚われた。翌日には高校の入学式が控えていた。囚われる理由がわからずに混乱したのを覚えている。

「ここから出して！」

座敷牢の前には、桜坂家の当主と使用人たちが勢揃いしていた。

「とんでもない。お嬢さんはこれから座敷童になるんですよ。すごいでしょう」

「……？　なに、それ」

なにも知らない私に、使用人のひとりが桜坂家に古くから伝わる因習を教えてくれた。

座敷童とは、命を懸けて幸福をもたらしてくれる存在であること。

代々お役目を果たした女性たちがいたからこそ、いまの桜坂家があるということ——

「どうです。座敷童はみんなを幸せにしてくれる神様なんですよ」

「それが、私……？」

「はい」

初耳だった。冗談でしょ、と笑いたくなった。

信じられるはずがない。生贄なんて時代錯誤にもほどがある。

「雪白、いまこそ桜坂家への恩を返す時です」

当主の百合子《ゆりこ》が言った。

淡々とした口調。同情したり、罪悪感を覚えたりしている様子はない。

私が犠牲になって当然だと、信じて止まない表情。どう見ても本気だった。

「……嘘だ……。嘘。嘘よ。ぜったいに信じない」

現実を認めたくなくて、格子にすがりついて乳母に声をかけた。

「た、田中さん！　嘘だって言って。おかしいでしょう⁉　閉じ込めるつもりなら、なんで高校の入学手続きをしたの。受験勉強で疲れてた時、夜食を持って来てくれたよね⁉

がんばれって励ましてもくれた。が、学校だって、一緒に選んだじゃない……」

制服がセーラー服の高校に進学を決めたのは、田中さんのアドバイスがあったからだ。

『お嬢さんにはこれが似合うと思うんですよね！』

『本当？　うふふ。そうかなあ。うぬぼれちゃってもいい？』

『もちろんです。田中が保証しますから……』

『じゃあ、がんばってみようかな！』

選んだのは、当時の私にはちょっぴり難易度が高い高校だった。でも、セーラー服のデザインは好みだったし、なにより信頼していた乳母が勧めてくれたのだからと、懸命に受験勉強に励んだ。合格発表の時だって、泣いて喜んでくれたはずなのに。

——お願い。お願いだから。冗談だって笑ってほしい。

だけど現実は残酷だ。誰よりも信頼していた乳母が私の希望を打ち砕いた。

「……ああ、そうでしたね。新しい制服は、座敷牢の壁にかけておきましたよ。楽しみにしてましたよねえ。よかったですね。いい思い出になって」

「おも、いで……？」

「いままでありがとうございました。お嬢さんのおかげで明日からも安心して眠れます」

〝どうぞ気兼ねなく、私たちのために犠牲になってください〟

言葉の裏に本音が透けて見えている。

鈍器で頭を殴られたような衝撃だった。彼女は飼育員。私は家畜。これまで彼女が私にしてくれたすべては、飼い慣らした家畜にご褒美を上げていただけ――

「ひどい……」

なにもかもが恐ろしく思えて、自分で自分を抱きしめる。

じゃらり。手足に繋がれた鉄枷が鳴ると、一気に世界が暗くなったような気がした。

混乱に陥っている私に、百合子は淡々と〝これからの予定〟を告げた。

「近々、座敷童になるための儀式を行う予定です。そのうち次代の座敷童を産みましょうね。手筈を整えておきます。すべては……私たちのために。がんばりなさい」

――ああ。私は家のために使い捨てにされるのだ。

私の子も、そのまた孫まで。

その事実に思い至ると、ふつり。理性のタガが外れた感覚がした。

「いやああああああああああああっ!!」

絹を裂くような悲鳴を上げる。

桜坂家の人々は、苦しみ絶叫する私に一瞥もくれず、牢から出ていってしまった。

「やだ。なんでよ……。どうして」

――憎い。憎い。憎い。憎い憎い憎い憎い憎い憎い……！

生まれて初めて抱いた負の感情だった。力いっぱい床を叩く。拳に痛みが伝わるたび、人間は醜い生き物だという想いが強くなっていった。

意識が黒い感情で塗りつぶされていく。人間への憎悪が、不信感が、悪感情が育っていくのがわかる。無邪気なままではいられなかった。すべてに呪詛を吐きたい気持ちでいっぱいになって。姿形ですら変わってしまいそうなほどの怒りが体に満ちていた。

「泣かないで」

泣き崩れている私に、誰かが声をかけてくれた。

ハッとして顔を上げると——目の前に知らない女性が立っている。座敷牢の内側にいて、私と同じく枷で繋がれた女性は——にっこり笑みをたたえて優しく抱きしめてくれた。

「初めまして……になるのかな？　よろしくね。私の可愛い娘ちゃん……！」

——それが、本当の母との出会いだった。

＊

私の幽閉生活を語るにおいて、母の存在はぜったいに外せない。

ずっと母は死んだと聞かされていた。だからか、最初はなかなか頭がついてこなかった。でも、すぐに目の前の人が母だと理解できた。なにせ、母の顔は私にそっくりだ。こんなに自分に似ている人間は、肉親以外に考えられなかった。

「ずっと会いたかったの。本当に会えてよかった……」

再会した後も、母は何度も何度もそう言って私を抱きしめてくれた。

温かかった。どこか懐かしい、いい匂いがする。

──これが、私のお母さん。

狭くて暗い座敷牢。だけど、ひとりで閉じ込められているわけじゃない。

その事実がじわじわと体の中に浸透していって、心にできた癒やしきれない深い傷が、母という存在がいることで、かろうじて大出血せずに済んでいる気がしていた。

「今日まで生きてきてよかったわ」

それが母の口癖だ。母はたびたび同じ台詞を口にした。

「幽閉されているのに変じゃない？」

私たちは使い捨てにされるために生まれた。むしろ絶望しかないはずなのに。

実際、母の容姿は実年齢よりかなり老けて見える。年のわりに白髪が多く、目尻や頬には深い皺が刻まれていた。座敷童として生命力を吸われ続けた結果だ。事実、座敷童になった女性の寿命は普通よりも短い。死ぬ直前は枯れ枝のように痩せ細るとも聞いた。

「……たしかにね。あなたが生まれるまでは、私もそう思ってたのよ。世界がぜんぶ醜く思えていた。桜坂家なんて滅んでしまえって何度呪詛を吐いたかわからない。でも──」

母は慈愛に満ちた表情を浮かべて、ぽつりと言った。

「子どもができちゃったから。呪ってる場合じゃなくなっちゃったの」

私は母に愛されている。その事実はなによりの慰めだった。

母がいたおかげで私は正常でいられた。精神を病まないで済んだのだと思う。

……たぶん、桜坂家の思うつぼだったんだろうけど。

じゃなきゃ、同じ座敷牢に母子を幽閉する意味がない。たったひとつでも慰めがあれば、人は生きていける。過去におおぜいの人間を犠牲にして得た教訓なのだろう。

なんだか癪《しゃく》に障る。けど、母と過ごした時間は思いのほか楽しくて。

「お母さん。しりとりしよう」

「あら、今日はぜったいに負けないわよ」

待っていても明るい未来は来ない。信じていた人にもだまされたと――

嘆くのをときどき忘れちゃうくらいだった。


――前向きな母は、同時にすべてにおいて諦めない人でもある。

そう、私が座敷牢から逃げ出すきっかけをくれたのも母だ。

「やったわ。ついにやったの……！」

母が興奮気味にはしゃいでいたのは、私が幽閉されてから最初の夏。

うだるように蒸し暑く、蟬の鳴き声が聞こえ始めた日だった。私を座敷童にするための儀式が行われる予定で、桜坂家の人々が準備に忙しなく動いていたのを覚えている。

朝からゴソゴソやっていた母は、私に〝その子たち〟を紹介してくれたのだ。

「『こんにちは』」

なぜか、牢の中に七歳くらいの女の子がふたりがいる。おかっぱ頭で、綺麗な振り袖をまとい、そっくりな顔をしていて、やたらすました印象の子たちだった。

「な、え、ええっ!?　なんでここに!?　いったいどこから入ってきたの？」

驚きを隠せない。なにせここは、閉ざされた座敷牢だ。頑丈な格子に囲われていて、子どもだって入り込む隙はないはずだった。でも、そもそもが間違っていたらしい。彼女たちは外から来たのではない。最初から牢の中にいたのだ。

「この子たちはね、付喪神っていうあやかしなのよ」

もともと、座敷牢には対になった鏡台が用意されていた。座敷童になる女たちのための品で、えらく時代がかっている。江戸時代の頃の品らしく、見るからに高価そうだった。

座敷牢の調度品は上等な品が多い。家の繁栄のため、おおぜいの女性を犠牲にしてきた罪悪感を表しているようだった。そんな品が、ごくさいきん神性を獲得したという。

「毎日、ていねいに手入れしていた甲斐があったわ……！」

うっとりと目をつぶった母は、なんだか自慢げだ。

「付喪神。つ、つまり。お化けってこと……？」

思わず後ずさりした私に、母は非難まじりに言った。

「こら。怖がらないの。こ〜んなに綺麗で可愛いのに！」

「で、でも。人じゃないんでしょう？」

「差別しないの。人間だろうとお化けだろうと関係ないでしょ！」

笑顔になった母は、双子に優しいまなざしを向けて続けた。

「想いを通わせられるなら、私たちとなんにも変わらないわ」

どこまでも前向きな、母らしい言葉だ。

母のこういうところが好きだ。その想いは双子の付喪神も同じようだった。

「『本当に紅花様は不思議なおひと』」

「だから、姿を見せようと思ったの」

「だから、助けたいと思ったの」

クスクス笑った双子は、三つ指をつくと、ゆるゆると頭を下げて言った。

「『これまで、大事に大事に使って頂いて感謝しておりまする。おかげで命が芽生えやんした。どうか、どうかご恩を返させておくんなませ』」

「そ、それで……ご恩を返すってどうするの？」

そろそろと訊ねた私に、双子は神妙な顔つきで言った。

「『助けを呼びましょう。ここから出してあげますする』」

「……！　座敷牢から出られるの!?」

喜色を浮かべた私に、双子はふるふると首を横に振った。

「生身では無理でございまする。座敷牢は呪術師に封じられておりますれば。あやかしを逃がさないための術は非常に強力。あらゆる干渉を遮断いたしまする」

「事実、わたくし共ですら、外に出ることは叶いません」

「じゃあ、どうすれば……!?」

必死に問いかけると、双子はきらりと目を輝かせた。

「術にほころびがありまする。生身は無理でも、魂だけならば抜け出せましょう」

ピタリと私を指差す。双子は淡々とこれからの計画を告げた。

「雪白様の魂を幽世へ送りまする」

なんと、幽世にいるという〝百鬼夜行の世話人〟の下へ送り届けてくれるという。

「ワタリはすべてのあやかしの味方。助けを求めてほしいのです」

「世話人は冥府の役人と繋がっているはず」

「人があやかしを不正に利用してはならぬと、冥府と現世の間で定められておりまする」

「ことが公になれば――……」

「座敷童を利用していた者どもは、ことごとく地獄に落ちまする」

コクリと唾を飲みこんだ。

つまり、世話人に会うことさえできればすべてが解決するというわけだ。

「魂だけを送るだなんて。本当に大丈夫……？」

体に戻れなかったらどうなるのだろう。うっかり死んじゃいそうで怖い。

動揺をあらわにする私に、付喪神の双子はそっと目配せをした。

「まったく問題がないとは言いかねまする」

「封印を内から抜けていく際に、なにかの影響があるやも」

「安全は約束しかねまする。わたくしたちにとっても初めてのことですから」

双子はどこか神妙な口調で続けた。

「どうぞ慎重にご検討くださいますよう」」

「………」

失敗する可能性もあるらしい。すぐ了承するのは躊躇われた。とはいえ、桜坂家に消費され続けるだけの人生なんてごめんだ。だけど、万が一にでも失敗したら……？

「いきなさい。雪白」

ハッとして顔を上げた。母が真剣なまなざしを私に注いでいる。

「せっかく機会をくれたのよ。挑戦しないでどうするの」

「だったら、お母さんも一緒にっ……！」

すがるような目をした私に、母はゆるゆるとかぶりを振った。

「駄目。私は座敷童にされちゃったもの。人間のあなたにしか頼めない」

「そんな……！」

「ともかくここから出るの。ふたりを信じましょう？　うまく百鬼夜行と出会えたらめっけものだわ。ううん、出会えなくてもいい。正直ね——私は、助けとかどうでもいいの」

母は目もとに涙をにじませると、悲しげな笑みを浮かべて言った。

「お願い。あなただけでも逃げて」

「……ッ!?」

混乱している私を付喪神のふたりの方へと押しやる。

「始めてくれる？」

「「かしこまりました」」

双子は同時に頭を下げると、私のそばに寄って手を取った。

「え？　え、え、え……なに。いまからするの!?」

「ことは一刻を争うわ。座敷童になったら二度と牢から出られなくなる。そうなったらおしまいよ。……危険な真似をさせてごめんね。きっと大丈夫だから。幽世は人にあらざるものが住む場所だそうよ。魂だけだったとしても、助けてくれる人がいるはず」

「やだ。やだよっ！　ぜったいに嫌だッ!!」

勝手に話を進めようとする母の言葉を遮った。

「私はお母さんと一緒がいい。一緒にいようよ！　私にはもうお母さんしかいないの。ぜったいに助けを呼ぶからね。お願い。だから、そばにずっといて……！」

私の必死な願いに、目を真っ赤に染めた母は唇を震わせて言った。

「馬鹿。ほんと、馬鹿。私の娘ってば可愛いことばっかり言って」

ゴシゴシと雑な仕草で涙を拭う。晴れやかな笑みを浮かべた。

「じゃあ、ちょっとだけ期待してようかな！」

ぐっと親指を立てる。場に似つかわしくない軽やかな声で言った。

「駄目だったらすぐに諦めて。家とか私とか、すべてを忘れて幸せになるの！」

「お母さんッ……！」

慌てて手を伸ばす。その瞬間、意識がブラックアウトした。

双子による術が始まったのだ。底のない闇の中に落ちていくような感覚。全身をバラバラにされていくような違和感に見舞われながら、私はひたすら泣くのを耐えていた。

――お母さんの馬鹿。本当に馬鹿なんだからッ……！

助けを呼んで幽世から戻る。ううん、ぜったいに戻らなくちゃいけない！

「待っていてね。お母さん……！」

そう決意した瞬間――

「きゃあああああっ!!」

得も言われぬ衝撃が体を突き抜けていって、思考が滅茶苦茶になった。

きっと、封印を抜ける時にトラブルが起こったのだ。脳をグチャグチャにかき回されたような激痛。いつの間にか、記憶も、悲しみも、大切な人の顔すら彼方へ消えてしまった。

『あなただけでも逃げて』

『すべてを忘れて幸せになるの』

記憶を失った私に残ったのは、母がくれた二言だけだ。

――結果は知ってのとおり。

私は無事に幽世へ逃げおおせることができた。付喪神たちのおかげでカゲロウやオジサンにも出会えたのだ。想定外だったのは、記憶喪失になったこと。桜坂家から受けた仕打ちが知らぬ間にトラウマになっていたようで、無意識下で過去に向き合うのを躊躇わせた。

本来なら、一日でも早く母を助けにいくべきだったのに……！

――そして、私はふたたび座敷牢に舞い戻った。

状況はなにも改善していない。

私はこのまま、座敷童として搾取される運命にあるのだろうか。

＊

「……まあ、この程度なら問題ないでしょう。神成りの儀は執り行えるはずです」

座敷牢の格子の向こうで、呪術師の老女が言った。白い面布を身につけた彼女は、怯えた様子で百合子へお伺いを立てた。

「儀式は日没を待ってからになりますが、よろしいでしょうか」

「けっこうです」

凜とした声で対応した百合子は、牢の中の私たちを見やって笑った。

「今晩、ようやく〝座敷童〟がもうひとり増える。これで桜坂家は安泰ですね」

彼女にしては珍しく上機嫌だ。

ぐったりと横たわる私の看病をしていた母は、百合子を強く睨みつけた。

「これ以上、娘を苦しめるつもりなの」

「まあ。人聞きが悪い言い方ですね」

「実際そうでしょう!?　これだけ暴力を振るっておいて！　目覚めたばかりでろくに動け

ないのに座敷童にしようだなんて。鬼だわ。けだものだわ!!　人の心がないのよ!!」

「………。まあ、多少は戯れが過ぎたとは思っています。でも、悪事を働いた子どもを折檻するのは監督者として当然でしょう？　これはけじめなのです。逃げ出そうだのと、不埒な考えを二度と起こさせないための」

ジロリと睥睨する。身をすくめた母に百合子は続けた。

「私は桜坂という家を背負っている。その責任は計り知れません。鬼と呼んでもらっても構いませんよ。あなた方さえ犠牲にすれば、おおぜいが幸せになれるのですから」

くるりと背を向けて、百合子は吐き捨てるように言った。

「儀式では素直に協力なさい。あがいても無駄です」

そのまま座敷牢を去っていく。

「〜〜〜ッ!!」

重い扉が閉まった瞬間、母は床に強く拳を打ち付けた。顔を真っ赤にして歯を食いしばっている。よほど腹に据えかねているのだろう。悔しさがひしひしと伝わってきた。

「……鬼か。鬼ってそんなに悪い奴じゃないんだけどなあ」

「雪白？」

「ごめん。百鬼夜行にいた鬼たちは、すっごく優しくていい子たちだったから……痛ッ」

「無理しないで」

「大丈夫」

ヨロヨロと上体を起こして息を吐く。目覚めたばかりの体はとても動かしづらい。熱も出てきているようで、なんとも情けない気分になった。

「それより、ごめんね。私が……役目を果たせなかったから」

「いいのよ。そもそもひとりで逃げてって言ったのに」

「お母さん、いい加減にして。そんなことできるわけないでしょ。というか、すごく悔しい。記憶喪失じゃなかったら目標達成できたのに」

座敷牢の隅に視線をやると、見せしめとばかりに放置された鏡台の残骸があった。

いや、あれは残骸なんかじゃない。

私たちの逃亡に手を貸したせいで、命を落とした付喪神の亡骸だ。

「……ごめんね」

私の過ちが彼女たちの命を奪った。あの子たちは、助けを申し出るのにどれだけ勇気を振り絞ったのだろう。蛍と業の件があったからなおさら辛い。付喪神たちの優しさが私にチャンスをくれた。なのに――

「な、名前くらい、聞けばよかったなあ。もっと仲良くすればよかった」

ボロボロと涙をこぼす私を、母は意外そうに見つめていた。

「雪白は変わったわね」

「え……?」

「だって。付喪神に会った時、最初はお化けだって怖がってたじゃない。幽世での出会いが成長させてくれたのね」

付喪神の亡骸に視線を投げる。その表情はどこまでも穏やかだった。

「そうだ。よかったら、この数ヶ月間をどう過ごしてきたか聞かせてくれない？」

「そんな悠長なこと言っていいの……？」

「正直、できることは少ないわ。だったら楽しい話がしたい。ねえ、いいでしょう？」

「う、うん……」

戸惑いながらもうなずく。

私は、少しずつ百鬼夜行との思い出を話していった。

「最初はね、みんなに嫌われててすっごく大変だったの」

花畑の中で百鬼夜行と遭遇したこと。霧の中じゃ優しかったくせに、人間だとわかった瞬間に毛嫌いされたこと。百鬼夜行の世話人であるカゲロウや、冥府の役人のオジサンとの出会い。蛍と業という付喪神を〝化け仕舞い〟させてあげたこと。みんなで人間を驚かせて社を守ったこと。怪しい亡霊のせいで危ない目に遭ったこと――

「みんなで旅をしてるんだけどさ。すっごく景色が綺麗でね。ちょっぴり不気味な雰囲気だったりもするんだけど、ずうっと見ていられるくらいに魅力的なんだ。それにね、お菊さんってろくろっ首が作るご飯がすっごく美味しいの！　玉子焼きとか！　邪魔ばっかりして、よく怒られるんだけど……」

へへへ、と照れ笑いを浮かべた私を母は楽しそうに見つめている。

「お菊さんだけじゃないよ。いろんな子がいるんだ。三ツ目のお坊さんのげんじろーさんは優しいし、ポチくん……おとろしってあやかしは、ふわっふわのゴワゴワでモップみたいなの！　小狐たちは可愛いし、がしゃ髑髏っていうおっきい骸骨はね、ときどき腕の骨で滑り台をさせてくれるし。小野のオジサンは調子いいことばっかり言うし。それでね、それでねっ！　ワタリのカゲロウは、すっごく世話焼きで、見てないといろんなあやかしを拾って来ちゃって。イケメンだけど、見かけ以上に行動がかっこいいというか。燃えてる子を抱きしめたのを見た時はしびれちゃったなあ！　すっごく優しくて――」

鼻の奥がツンと痛んで、思わず言葉が詰まる。

「……私が寂しい時や辛い時、苦しい時は、いつだってそばにいてくれたんだ」

――いまごろ、きっと心配してるんだろうな。

みんなどの辺りにいるんだろう。捜してくれているのかな。

それとも、私のことは忘れて、もう新しい場所に向かっているんだろうか。

「会いたいな……」

ぽろりと本音がこぼれると、ますます胸が苦しくなった。

泣いちゃ駄目だと我慢する。でも――

『雪白、大丈夫か。また泣いているのか』

『おやおや。可愛い顔が台無しだよ。オジサンの胸に飛び込んでおいで！』

『まったくもう。いつまでもメソメソしてんじゃないよ。これで拭きな』

『おっ。お菊が泣くなら私の胸で泣けって言ってんぞ?』

『源治郎!　アンタ……!!』

『お菊が怒ったぞ。逃げろ～!』

『おとろし～!』

『きゃん、きゃんっ……!!』

脳裏に百鬼夜行での記憶が蘇るたび、瞳から大粒の涙がこぼれていく。思い出が楽しいものであればあるほど、胸が苦しくなっていった。

「幽世で出会った人たちが大好きなのね?」

母の問いかけにコクリとうなずく。

「だけど、もう会えない」

認めたくないけど、まぎれもない事実だ。

鏡台の付喪神は破壊されてしまった。どうあがいても座敷牢からは出られない。

座敷牢には、外部からの干渉を遮断する術がかけられている。だから、冥府の役人たちは私の居場所を探り当てられなかったのだ。なにもしなければ、永遠に助けはこない。

「〝導きの鈴〟さえあれば……」

業と蛍からもらった鈴。あれを鳴らせば、たちまちワタリの下に音色が届くだろう。

制服の胸ポケットに仕舞っていたはずだが、霊体の時の話だ。壁にかけられた制服に入っているはずがなかった。いったい、鈴はどこにいってしまったのだろう。

――ひどいなあ。八方ふさがりだ。

絶望を改めて自覚すると、とたんに恐怖がこみ上げてきた。

みんなに忘れられるのが怖い。

私という存在が、大好きな人たちの中から消え去ってしまうのが恐ろしい。

人間に捨てられたあやかしたちも、こんな気持ちだったのだろうか。

「やだ。座敷童になんかなりたくないよ……！」

あまりの恐怖に私は声を上げて泣いた。

「雪白……」

そっと母が抱きしめてくれる。

「ごめんね。私があなたを産んだばっかりに」

ゆるゆると頭を撫でて、どこか決意がこもった声で言った。

「大丈夫。なんとかしてみせる」

私たち母子は、お互いを支えあうようにしばらく抱き合っていた。

格子窓から赤光が伸びている。空が黄昏に彩られつつあった。

私を座敷童に変える儀式が、すぐそこまで迫っていた。

＊

冴え冴えとした月光が世界を照らし始めた頃。神成りの儀式は始まった。

場所は、桜坂家邸宅の地下に作られた儀式専用の間だ。なんとも豪華絢爛な部屋だった。格子状に区切られた天井には、雅な天井絵が描かれている。襖は金箔が施され、天上で遊ぶ天女たちの姿が描かれていた。成金的な趣味の悪さを感じる。部屋の四方には香炉が備え付けられていて、ゆらゆらと白い煙を立ち上らせていた。

「う……」

儀式の間に連れられてきた私たちは、ふたつ並んだ寝台の上で横たわっていた。頭がぼんやりしていて、思考がうまく働かない。香の甘ったるい匂いが辺りに充満している。変な効果がある香草でもまじっているのかもしれない。

――お母さん……。

反対の寝台に横たわった母は、ぐったりと目を瞑っている。薬で眠らされているようだ。青白い顔とは対照的に、身にまとった打ち掛けのきらびやかさが目に染みた。母だけではない。私も高そうな振り袖を着付けられている。まるでハレの日を祝っているようで滑稽だ。桜坂家の人々にとっては、まぎれもなく吉事なのだろうけれど。

――これからなにをされるのだろう。

まるで想像がつかない。ただ、自分が人でなくなることだけはたしかだった。

すると、おおぜいの人の気配がした。音もなく襖が開いたかと思うと、白い装束をまとった人々が入室してくる。誰もが顔を布で隠していた。床を擦るような足取りで、私たちが寝かされた寝台を取り巻く。誰ひとりとして言葉を発しない。異様な雰囲気だった。

彼らの中に見知った人々を見つけた。私を育ててくれた乳母、手当てをしてくれた医師と看護師、当主の娘や息子、縁戚たち……。私たち母子を踏みつけにして、自分たちだけ幸福を享受しようとする憎むべき人間だちだ。


「これより儀式を行います」

ざあっと人垣が割れると、奥から百合子が進み出てきた。

巫女装束のような恰好をした老女は、しずしずと前に進み出て私を見下ろした。

「喜びなさい。今日より母と同じく桜坂家の礎になれるのですよ」

「……ッ!!」

思わず体が震えた。全身から汗が噴き出し、心臓が激しく鳴っている。ぜったいに嫌だ。逃げ出す方法を必死に模索していると、ふいに百合子が言った。

「不安ですか」

漆塗りの盆から短刀を持ち上げると、すらりと刃を抜く。

うっとりと目を細めて、次に母へと視線を注いだ。

「怖がる必要はありませんよ。座敷童の血肉をあなたに取り込んで頂くだけです。生のままでいいですよね？　生憎、調味料は用意しておりませんけど」

彼女なりの冗談のつもりらしい。クスクス笑っている。

――私にお母さんの血と肉を食べさせるつもり……!?

さあっと青ざめていると、百合子は実に楽しげに続けた。

「嫌ですか？　でも仕方がありませんよね。初代が作り上げた福の神を作り上げる術式は、生贄の血中に存在しているのですから。これがいちばん確実な方法なのです」

百合子が目配せをすると、何人かの男性が私を押さえつけた。ギリギリと肌に指が食い込むほどの力に恐怖が募る。母のかたわらに立った百合子は、どこか得意げに言った。

「ご安心ください。あなたの母は薬で眠っています。苦しむことはありません。あなた自身もそうです。数日は激痛に悶え苦しみますが――」

にこりと笑みを浮かべる。小刀を振りかぶって言った。

「じきに楽になりますよ」

「――お母さんッ!!」

必死に声を振り絞る。

とたん、衝撃の光景が目に入った。

眠らされていたはずの母が起き上がり、百合子の手首を摑んだのだ。

「なっ……！」

百合子が驚愕の表情を浮かべている隙に、小刀を奪い取る。

そのまま彼女の首に刃を突きつけて叫んだ。

「近寄らないで！　殺すわよ」

「眠っていたはずじゃ!?」

人々の間に動揺が走る。母は毅然《きぜん》とした態度で言った。

「馬鹿ね。私の儀式の時も母は眠らされていたのよ。大人しく薬なんて飲むものですか。さあ、娘を離しなさい。当主を殺されたいの!!」

私を押さえつけていた男たちが離れていく。

自由になった私を確認して、母は安堵の色をにじませていた。

「大丈夫。なんとかしてみせるって言ったでしょう?」

その顔は青白いままで、どこか思い詰めた様子だ。

「余計な真似を。あがくのはおよしなさいと言ったでしょう」

百合子が吐き捨てるように言った。刃を突きつけられてもなお、動揺は見られない。

苦々しく眉をひそめ、淡々と母に語りかけている。

「私を捕らえてどうするつもりです? 人質に取って母子ともども逃走しようとでも? 警察に通報しても無駄ですよ。警察上層部にも親類が入り込んでいます」

「…………」

「あなたは座敷童。普通の人間ではありません。座敷牢に囚われているのが、いちばん幸せなのです。なぜ、それがわからないのですか」

理路整然と説得する百合子の言葉に、母は無表情のまま耳を傾けている。ちらりと地面に視線を落とすと「それもそうね」と苦い笑みを浮かべた。

「じゃあ……!」

百合子の表情が喜色に染まる。だが、すぐに驚愕の表情へと変わっていった。

百合子の首元に突きつけていた刃を、母が自分の胸に向けたからだ。

「お母さんッ!?　なにしてるの。やめてッ……！」

驚きの声を上げた私に、母はにこりと優しく微笑んだ。

「ごめんね。雪白。あなたが座敷童にならないためには、これしか方法はないのよ」

「紅花、なにをするつもり!?」

動揺の色を見せた百合子に、母は不敵な笑みを浮かべた。

「座敷童は人工的に作り上げられた福の神。初代が作り上げた術式は、私の血中に存在している……。つまり、娘を座敷童にするためには〝生きている〟神の血肉が必要なのよね？　なら、私が死んだらどうなるの？　命が絶たれた瞬間に術式が崩壊するんじゃないかしら。ねえ、どうなの？　答えなさいよ！」

「……ッ!!」

百合子の表情がみるみる青ざめていく。どうやら図星のようだ。

母は興奮気味に頬を染めると、邪魔とばかりに百合子を突き放した。両手で短刀を握りしめる。何度か深く息を吸った後――

「これでもう〝お仕舞い〟にしましょう」

深く深く、その身に刃を沈めた。

「――いやあああああああああああっ!!」

絶叫が辺りに響き渡る。

悲鳴を上げたのは誰だったか。私？　それとも当主の百合子？　なにもわからない。

「早くっ！　急いで手当てを!!」

おおぜいが駆け寄っていった。母はぐったりと力なく倒れている。その場にいた医療者たちが懸命に蘇生を試みていた。しかし、医師は苦しげにかぶりを振った。

「これはもう……」

「冗談はよして。こんなこと、ぜったいにあってはなりません！」

百合子のヒステリックな声が辺りに響く。私の頭は真っ白になっていた。

「お母さんが、死んだ？」

——信じられない。信じたくない。

へなへなとその場にへたりこむ。

逃げることも忘れ、ただただ悲しみに囚われて動けなくなってしまった。

——ちりん。

ふいに涼やかな音が聞こえた。

「え……？」

聞き覚えのある音色だ。そろそろと顔を上げる。ちりん。ふたたび音が聞こえた。

——いったいどこから……？

音がした方向を探ると、懐がわずかに膨らんでいるのがわかった。

おそるおそる手を伸ばす。入っていたのは――〝導きの鈴〟だ。

「ど、どうしてここに……？」

愕然と手の中の鈴を見つめる。ふいに少年たちの声が蘇ってきた。

『『鈴がおねえちゃんを守ってくれるよ！』』

「そっか……」

すべてを理解した。鈴を仕舞いこんでいたのは、制服の胸ポケットだ。

そう。魂だけの存在だった私が、服という概念の中に仕舞いこんでいた……！

ずっとそばに鈴はあったのだ。私が気づいてなかっただけで。

「これさえあれば……！」

私は鈴を握る手に力をこめると、天に掲げて勢いよく鳴らした。

「カゲロウ!!　みんな――!!　助けて……!!」

――ちりりりりんっ!!

ひときわ大きく鈴が鳴る。

「なにを……!?」

とたん、建物が大きく揺れ出した。轟音が響き渡り、ミシミシと天井が軋む。

「地震か!?」

人々は口々に言った。お互いに支え合い、どこか不安げにしている。

でも、私にはわかっていた。これは地震なんかじゃない……！

期待をこめて待ち続ける。すると、天井が端から剝がされていくのが見えた。

ああ！　白骨化した巨大な手が、力任せに地下室をこじ開けようとしている！

べりべりべりべりっ!!　耳をつんざくような音がしたと思うと、部屋の中に冷たい空気が流れ込んできた。頭上に満天の星が広がっている。ここは地下のはずなのに、だ。

――なんてことだろう。みんな、桜坂家の本家の建物を取っ払っちゃったんだ！

「「見つけた――――!!」」

懐かしい声が聞こえてきた。

すっかり眺めがよくなった天井からおおぜいが覗きこんでいる。

「雪白！　ずっと捜してた。やっぱこのあたりにいたんだな！」

「ブジ？　ブジダ。ユキシロ、ブジ」

「おとろし～っ！」

鬼が笑って、がしゃ髑髏がカタカタ歯を鳴らした。ポチくんが嬉しげな声を上げている。

頭上には小狐たちの姿もあった。「ユキシロッ！」「アソボッ」「きゃんっきゃいんっ！」

いつもの調子で大騒ぎだ。

「なんなのっ……なんなのよっ！　これはっ！」

百合子がまっ青になって叫んだ。

「雪白を確保しなさい！　この娘がいる限り、座敷童は作れるはず！」

「かっ……かしこまりました！」

すかさず男たちが私に手を伸ばすと、凜々しい声が頭上から降ってきた。

「雪白を守れ。源治郎！　お菊！」

「おうよ！」

「あいよお！」

軽やかに誰かが天井から下りてくる。源治郎とお菊さんだ！

長い錫杖《しゃくじょう》を手にした源治郎は、いきおいよく頭上で振り回すと、私のそばにいた男たちの足もとを払った。「うわあっ！」と悲鳴を上げて倒れ込んだ男たちを踏みつけ、逆方向から近寄ってきていた男を勢いよく殴りつける。

――しゃらんっ！

「ぐあっ……」

「まだまだっ！」

錫杖に着けられた金環が軽やかに鳴るたび、地面に転がる人数が増えていった。

「アンタたち、うちの子になにすんだいっ!!」

お菊さんが手にしていたのは三味線の糸だ。強くしなやかなそれを自在に操り、近くにいた女たちの首に巻き付け、次々と意識を刈り取っていく。

「おとろしっ！」

「きゃん、きゃんっ！」

「オラオラオラッ！　百鬼夜行のお通りだあ！」

「雪白を守れ！」

「抵抗する人間には容赦するんじゃねえぞ！」

気がつけば、室内にあやかしたちがあふれていた。人々は情けない悲鳴を上げて逃げ惑うしかない。抵抗しようとする者もいたが、すぐに取り押さえられてしまっていた。

――みんな強い。強すぎる……！

ひとり感激していると、誰かが近寄ってくるのに気づいた。

「化け物を引き入れるだなんて。なんてこと……！　こっちへ来なさい!!」

百合子だ。髪は乱れ、装束は脱げかけている。鬼の形相を浮かべて私に手を伸ばした。

「おっと。それはできない相談だ」

誰かが私たちの間に立ちはだかった。

見慣れた大きな背中だ。たくましくて、強くて……なにより温かい。

「カゲロウッ……!!」

なりふり構わず、背後から抱きついた。

「会いたかった。すごく痛かったの。怖かったよ……！」

涙をこぼしながら、彼の背中に顔をすりつける。

「待たせたな」

鼓膜に心地よく響く、低くてどこまでも優しい声。

そっと私の手を撫でたカゲロウは、百合子へ向かってはっきりと断言した。

「悪いな。コイツはやれない」

「～～～ッ！　なにを言うのですか！　それは桜坂家のものです。我が一族をこれからも盛り立てていくのに必要な道具なのですよ！」

「雪白は道具なんかじゃない！」

すかさず一喝したカゲロウは、怒りの形相を浮かべて百合子を睨みつけた。

「家？　馬鹿か。そんなくだらないものを守るために、雪白を利用しようとしたのか。ふざけるなよ……！　見ろ。お前が守ってきたものは俺たちが破壊した！」

辺りは惨たんたる状況だった。贅を尽くした室内は瓦礫の山となり、人々は情けない声を出して逃げ惑っている。壮絶な状況に、百合子の表情が硬くなった。

「いいえ。座敷童さえいれば立て直せます。そう、座敷童さえいれば……！」

「そうか」

カゲロウは私の肩を抱き寄せると、不愉快そうに続けた。

「……くだらない。正直、雪白の価値に釣り合っているとは思えないな。知っているか。あやかしを不正に利用する行為は冥府で固く禁じられている。罪を犯した者には相応の罰が下されるはずだ。そうだろう？　小野さん」

「もちろんだよ。間違いない」

小野のオジサンが姿を見せた。いつもの儀式用の装束を身にまとっている。

「こんなにも長い間、邪法が見過ごされていたなんて。雪白ちゃんには迷惑をかけちゃったね。ごめんね。二度と再発しないようにするからさ」

　パチンと片目をつぶる。いつもどおりの茶目っけある様子に心底ホッとした。

「なっ……！」

　平常心でいられないのは百合子だ。

「罰……!?　罰とはなんです。私は先祖から受け継いだ方法を守りたいだけ！」

「馬鹿だなあ。伝統が必ずしも正しいとは言えないでしょ。まあ、沙汰は閻魔大王が下すからさ。めちゃくちゃ怒り狂ってたよ。君のご先祖様まで遡るって言ってたし。一族郎党揃って地獄へご招待～ってね。どこへ落とされるやら。覚悟しておいてね」

　笑顔でヒラヒラと手を振る。目はちっとも笑っていない。オジサンは本気だった。

「家が。私の家が……」

　よほどショックだったのか、百合子は気の抜けた声を出して座り込んでしまった。

「おっ……お嬢さん」

　乳母の田中さんが近寄ってきた。彼女は、駄々をこねる子どもを諭すように言った。

「駄目でしょう。こんなことしちゃ。私は、あなたをこんな風に育てた覚えはありませんよ。みんなに謝りましょう。大丈夫。きっと許してくれますから」

　ソワソワと落ち着かない様子で視線をさまよわせる。滝のような汗を流しながら、へらっと軽薄な笑みを浮かべたかと思うと、とんでもないことを言い出した。

「忘れたんですか。あなたには、返さなくちゃいけない恩がたくさんあるでしょう？」

──いったい、どんなつもりでそんな言葉を吐いたのか。

恐ろしいほどの嫌悪感がこみ上げてきて、私は涙ながらに叫んだ。

「桜坂家に返す恩なんてどこにもないわ!!」

とたん、田中さんの表情が豹変する。彼女は唾を撒き散らしながら怒鳴った。

「この恩知らずがッ!! ふざけるんじゃない。誰が育ててやったと思ってるの!!」

目をそらしたいほど醜い姿。いつも柔和だった乳母が、本性を現した瞬間だった。

「ギャギャギャッ……!」

とたん、どこからか奇妙な声がした。獣の声にも子どもの声にも聞こえる。やけに耳障りな声はじょじょに大きくなっていった。

「ぎゃあっ!」

誰かの悲鳴がする。声がした方を見ると──あまりの光景に目を見張った。

「助けっ……助けてえええええっ!!」

桜坂家の人々に、なにかが取りついている。

三歳くらいの子どもだ。真っ赤に爛れた肌を持ち、服を着ていない。お腹はポコンと大きく膨らみ、手足は折れそうなほどに細かった。百鬼夜行では見たことがない。彼らは大きな瞳に愉悦をにじませ、おおぜいで桜坂家の人々を拘束していた。

「ギャッギャッギャ!」

耳障りな声を上げると──力尽くで、人々を地面の下に引きずり込もうとし始める。

「……ッ！」

恐怖のあまりに後ずさると、カゲロウが私の体を抱き留めてくれた。

「大丈夫だ。俺たちに害はなさない。アレは餓鬼《がき》だ」

餓鬼は、生前の行いにより満腹感を得られなくなってしまった死者。

地獄からの使いでもあるという。

「ひっ！　ひいいいいいっ！」

百合子や田中さんにもおおぜいの餓鬼が取りついていた。ずぶずぶと体が沈んでいく。

床板があるはずだが、彼らからすれば物理法則はあまり関係ないようだ。

「たすけ、助けてっ……」

「お嬢さん。止めてください！　こ、こんなひどいこと……！」

必死に手を伸ばす百合子と田中さんに、カゲロウは淡々と告げた。

「お前らは、雪白が助けを求めた時に手を取ったのか？」

ふたりの瞳が見開かれる。

一瞬だけ抵抗を忘れた女たちの体を、餓鬼たちは容赦なく引きずり込んだ。

「やめて、わた、私はっ！　家を、家を守りたかっただけで……」

「百合子に強制されてたんです。し、したくてしたんじゃありません。許して。許して……ぎゃあああああああああっ！」

どぷん。

それぞれが伸ばした手が地面に消える。

「罰を受けろ。外道め」

カゲロウがつぶやいた時には、すでに辺りは静まり返っていた。

＊

「おわっ……た……？」

とたんに体中の力が抜ける。へたりと床に座り込むとじょじょに実感が湧いてきた。

これで座敷童にならなくて済むはずだ。でも――……。

「お母さん」

母を呼ぶと、猛烈に寂しくなった。

囚われの身からは脱せた。でも――これで私はひとりぼっちだ。

「安心しろ」

途方に暮れた私に、カゲロウが声をかけてくれた。ポン、ポンと軽く頭を叩く。

「お前の面倒は俺が見る。なにも心配はいらない」

星屑をまぶした夜空みたいな瞳が、私を温かく見守ってくれていた。

――ああ。やっぱりカゲロウはほしい時にほしい言葉をくれる。

胸がどうしようもなく高鳴っていた。

好き。大好き。

世話好きな彼の言葉に、特別な感情がこもっていればいいのに。

温かい涙が頬を伝うと、

「相変わらずよく泣く」

カゲロウはどこまでも優しく、私の涙を指で拭ってくれた。


「雪白ちゃん。お母さんにまだ息がある！」

ふいにオジサンの声が聞こえた。

「……！　本当ですか!?」

カゲロウと顔を見合わせ、慌てて駆け出す。

「しっかりおし！　娘の顔を見る前に逝くなんて許さないよ！」

お菊さんが母に声をかけている。

急いで駆け寄ると、横たわっていた母がうっすらと瞳を開けた。

「……雪白？　無事だったのね。よかった。本当によかった……」

「おかあ……さん」

母の体は大半が血で染まっていて、見るからに手遅れだとわかった。

おそるおそる手を伸ばす。母は私の手を握ってくれた。血の生温かさと指先の冷たさがいやに生々しい。体の震えが止まらない私を見つめ、母は次にカゲロウを見やった。

「あなたが……ワタリ？」

「カゲロウという」

「娘から話は聞いてるわ」

じっとカゲロウを見つめる。母はゆるゆると息を吐いた。

「ひとつ聞いてもいいかしら。私も〝化け仕舞い〟ができる？」

「……？　それをどこで……」

「娘から聞いたの。あやかしや神様が次の生に向かう時に行う儀式なんでしょう？　ねえ、どうなのかしら。人間に創られたまがい物だから、私には無理かしらね」

オジサンとカゲロウがそっと目配せする。

かたわらにしゃがみ込んで、カゲロウは大きくうなずいた。

「大丈夫だ。承ろう」

「素敵。ありがとう」

安心したように母は笑った。私の頰に手を伸ばす。

「ちゃんとお別れをしましょう。雪白」

「お母さん……」

――母が〝化け仕舞い〟をする。

あまりに急な展開に、思考が追いつかない。

涙をこぼして、じっと母を見つめていることしかできないでいた。

＊

カゲロウは、母を送るのに最もふさわしい場所を選んでくれた。

幽世にある、森を見下ろすように位置する見晴らしのいい丘だ。てっぺんに大きな穴が掘られている。ざく、ざく、ざく。屈強なあやかしたちがシャベルをひたすら動かしていた。濃厚な土の匂いが辺りに満ちている。穴の中心には梅の若木が設置されていた。

すべては母である紅花の願いを叶えるため。

〝化け仕舞い〟をするにあたって、母は土葬がいいと言った。

「魂は輪廻に戻ろうとも、体は普通の人間と同じように土に還りたいの」

あやかしたちは母の願いを受け入れてくれた。かなりの重労働だ。だのに、誰ひとりとして文句を言わず、黙々と作業に当たってくれている。

「……素敵」

明け方。ようやく準備が終わると、整えられた会場を目にして母は笑んだ。

掘られた穴の周囲には、さまざまな春の花々が供えられている。ヒヤシンスにムスカリ、ラナンキュラス、チューリップにワスレナグサ……色とりどりの花々が絨毯のように敷き詰められていた。花々の間には、淡い光を放つランタンが設置されている。摘んだばかりの花々は朝露で濡れていた。水滴に明かりが反射して、きらきらと眩しいくらいだ。

星々が瞬いていた空は、遠くからじょじょに明るくなりつつあった。花の甘い香りが立ちこめた会場には、気の早い蝶がすでに遊びに来ている。色鮮やかな世界、花々と戯れる蝶の姿は、まるで穏やかな日常を切り取ったようで——……。

母との別れを思って、灰色に染まった私の心とはまるで正反対だった。

「大丈夫かい。もう少しだ」

「はい」

オジサンが、母を支えてやっている。

母はどう見ても満身創痍だった。普通ならば死んでいてもおかしくない出血量だ。

でも〝化け仕舞い〟をするのだからと、閻魔大王に便宜を図るようにお願いしてくれたらしい。母の魂は、かろうじて体に留まり続けている。

「心の準備はできたかな」

オジサンの問いかけに、母は死ぬ間際とは思えない穏やかさで笑った。

「私じゃなくて、娘がまだみたいね」

私は母から少し離れた場所で立ち尽くしていた。

本当は支えてあげたかった。でも、触れた瞬間にお別れを告げられそうで怖い。

「うう……」

じりじりと後ずさる。とすん、と誰かの体にぶつかった。

「カゲロウ……」

気がつけば、美貌の世話人が私の背後に立っている。

「逃げたら駄目だ」

息を呑む。気がつけば、周囲にあやかしたちが勢揃いしていた。

源治郎やお菊さん、ポチくんに小狐たち、がしゃ髑髏や鬼、鬼婆にぬりかべ……行列に参加していたあやかしたちが、揃って真面目な顔で母を見つめているではないか。

彼らの存在に気がつくと、母の表情が華やいだ。

「すごいわ。怖くて強そうなお顔のお化けがたくさん！」

あやかしひとりひとりに視線を向けると、目尻に涙をにじませて言った。

「私のために儀式の会場を準備してくださってありがとう。雪白がお世話になったみたいで。なんてお礼を言ったらいいか」

とたん、あやかしたちが慌て始めた。

「いや、そんなことねえよ。なあ！」

「ほんとだ。世話になったのはこっちの方で……」

「サイショ、ウマソウダナッテオモッタケド」

「みんなで喰おうとしたのが懐かしいな」

「そういや、洗剤まみれの飯を食わされそうにもなったなあ！」

「こら！　余計なこと言うんじゃないよ!!」

「「ぎゃあっ！」」

お菊さんがあやかしたちにゲンコツを見舞う。

涙目でうずくまってしまった彼らを尻目に、一歩前に進み出た。

「あなたは……」

「お菊ってモンさ。ただのしがないろくろっ首。アンタの娘には、えらい迷惑をかけられてるね。料理は失敗するわ。ろくに自分の身の回りのことはできないわ……。教えるのも一苦労さ。なのに、みんな甘やかしてばっかりで――」

「あらまあ。うちの子がご迷惑を……」

はたから聞いていてもひどい物言いだ。

――なにもそこまで言わなくっても……！

ひとり青ざめていると、お菊さんは続けて言った。

「――でも、性根はいい子だよ」

そう語ったお菊さんは、いつになく優しい表情をしていた。

「小さなことにも気がつく子だ。誰かの寂しさに、きちんと共感した上で寄り添える。こんな子、なかなかいないよ。アタシたちを差別しないしね。きっと、アンタに似たんだ」

「そ、そんな！　私ってば、母親の癖にちっとも会えていなくって。一緒に過ごせたのも最近になってからで。たぶん、私よりもあなたたちの方が長くいたんじゃないかしら」

ワタワタと慌て出した母に、お菊さんは笑顔で言った。

「一緒に過ごした時間なんて関係ないさ。親子ってもんは魂の形からして似てる」

「魂の……」

「そうさ。だから胸を張りなよ。雪白は――間違いなくいい娘だ」

「……！」

母が感激に瞳をにじませる。お菊さんは胸を叩いて笑った。

「大丈夫だ。この子は任せておきな。アタシがついてる！　それにほら。超絶世話焼きのワタリが張り切ってるからさ」

カゲロウが私の肩を力強く抱いた。ぐいっと自分の方へ引き寄せる。

「な、なに⁉」

思わず頰が熱くなる。彼はまっすぐ母を見つめて宣言した。

「責任持って、俺が娘さんをお預かりします」

「あらまあ」

ぱちぱちと母が目をしばたく。くすりと嬉しげに頰を緩めた。

「それなら安心ね！」

――なに。なんなの……？

やけに近いカゲロウを不思議に思っていると、母は私に手を差し出した。

「そろそろいきましょうか。手を貸してくれる？　雪白」

息を吞む。心臓が止まるかと思った。

「……う、うん……」

断るわけにもいかず、おずおずと手を握る。笑みを浮かべた母は、思ったよりも力強い足取りで進んでいった。会場はすぐそこだ。歩くたびにさくさくと下草が鳴った。ときおり石が転がってはいるものの、それほど歩きづらくない。でも——……。

「お母さん」

地面に掘られた穴が近づくにつれ、私の歩みはみるみるうちに鈍くなっていった。

やっぱり駄目だ。我慢できない。

「ねえ、なんとかしてもう少し一緒にいられないかな」

この期に及んで嘘なんてつけなかった。ずっと一緒にいてほしい。そばで笑っていてほしい。せっかく自由になれたのだ。母子で新しい人生を歩んでほしかった。

「雪白」

ふいに母が私の名前を呼んだ。くるりと振り返って笑みを浮かべる。

「ごめんね」

「え……？」

ポカンと口を開けて固まった私を、母は強く抱きしめた。

「あなたが辛い想いをしたのも、苦しいのも。ぜんぶ私のせいなのよ」

「どういう意味……？」

「本当はね、先代の座敷童……私の母が死んだ時に、自分も死んじゃおうって思っていたの。搾取され続けるだけの人生なんて嫌だった。子どもができたら犠牲者を増やすだけでしょう？　母の死を目の当たりにした時、子どもは作らないって決めていたの」

そっと体を離す。私の顔を見つめた母は困り顔になって続けた。

「でも、できなかったのよ。私ってばすごい意気地なしで。自殺する勇気なんてちっとも湧いてこなかった。ウジウジしているうちに、むりやり子どもを孕ませられたの」

「……産まなきゃよかったって思ってる？」

おそるおそる訊ねると、母はどこか気の抜けた笑みを浮かべた。

「ううん。むしろ逆よ。生まれて来てくれてありがとうって思ってる。勝手でしょ。娘にとんでもない苦労を背負わせて……ひどい母親だわ」

クスクス笑った母は、私が生まれてきた当時を思い出しているようだった。

「初めてあなたを抱いた時、すごくびっくりしたの。命そのものって言うのかしら。生きたい、お腹空いたって、真っ赤な顔で泣く雪白が可愛くて、小さくて……温かくて」

じわりと愛情を瞳ににじませ、ぽつりと言った。

「絶望も屈辱もなにもかも忘れるくらい、心の底から愛おしいと思った」

私が生まれた後、一週間だけは一緒にいられたそうだ。もしかすると、桜坂家による座敷童を永らえさせるための策略だったのかもしれない。でも、私という小さな命と過ごす時間はなによりの宝物だった。事実、母は死ぬことなんて忘れてしまったという。

「その日から、生きる意味が変わったわ。あなたが牢に戻ってくるまでに、逃げ出す方法をぜったいに見つけてやるって決めたの」

そこで目をつけたのが、付喪神だ。座敷童がいるのなら、きっとあやかしも存在するはず。そう考えた母は、自覚的に古道具に接したという。それも十六年もの間だ。鏡台が付喪神になったのはたまたまではない。母が努力した結果だった。

「努力してよかった。諦めなくてよかった。こんな日が来るなんて夢のようよ」

うっとりとつぶやいた母は、まっすぐに私を見すえた。

「私がいなくなっても、前を向いて強く生きなさい」

「……！　な、なんで一緒にいようって言ってくれないの？」

「私がいると、また座敷童を作ろうとする輩が出てくるかもしれないでしょう？」

すべては私のためだと語った母は、ふたたび私を抱きしめた。

「大好きよ。可愛い、可愛い私の娘」

しみじみ噛みしめるようにつぶやいて、呪文のように言葉を繰り返した。

「どうか、雪白の行く先が光で満ちあふれていますように。どうか、困難にぶち当たっても乗り越えられますように。どうか、大切な人がずっとそばにいてくれますように。どうか、いつだって笑顔でいられますように――」

いくつもの願いを口にした母は、私の額に唇を寄せた。

顔を離してにこりと笑う。

「おまじないよ。ふふふ。これでも座敷童なんだから。効果抜群に違いないわ」

そして、集まったあやかしたちに向かって大きく手を振った。

「みなさ――――ん!!　ふつつかな娘ですが仲良くしてくださいっ！　無鉄砲なところも、世間知らずなところもあります。だけど、私の可愛い娘です。どうか、どうかっ……！」

すうっと瞳から涙がこぼれる。

母は声を震わせながら、深く、深く頭を下げた。

「雪白を、娘を、よろしくお願いします……!!」

最後は涙声になっている。

大きく洟をすすった母は、くるりと私に背を向けた。

「小野さん、お願いします！」

「ああ」

オジサンが前に進み出る。どん、と足を踏みならして――

「かの者を輪廻へ送り奉り候！」

凜とした声が辺りに響き渡った。母が思いきり足を踏み出す。踊るような足取りで穴の縁に立った母は、私の方を振り返って言った。

「雪白！　笑って見送って！」

「え……」

ポカンと固まった私に、母はどこまでも笑顔で続けた。

「これはね、新しい旅立ちなのよ。だから笑って。私が心置きなく次へいくために！」

――ああ。母の最期が近い。

娘として母の願いを叶えてあげたかった。ぎゅうっと拳をにぎりしめる。

泣き叫びそうになる自分を奮い立たせ、ぐい、と顔を上げた。

「……ッ！　いってらっしゃい！」

精一杯の声だった。

母は翼を広げた鳥のように両手を広げると、

「娘を自由にできてよかった……！　なんの〝未練〟もないわ！　行ってきます！」

満面の笑みのまま穴の方へと倒れていった。

「おかあさんっ……！」

「いくんじゃない！」

追いかけようとすると、カゲロウが私を止めた。追うべきじゃないのはわかってる。

でも――簡単に呑みこめるわけもなくて。

「あああ……」

我慢しきれずに泣き声をもらす。その間にも、みるみる状況は変化していった。

母が落ちていった穴から淡い光があふれ出した。

まだ明け切らぬ空に光の柱が立つと、にわかに地面が揺れ始める。

轟音を立てて地面が盛り上がっていく。中心にあるのは梅の若木だ。不思議なことに、

頼りなかった枝振りがみるみるうちに変化していくではないか。細かった幹は両手じゃ抱えきれないほどに成長し、地面にしっかりと根を張っている。

それも普通の梅ではない。しだれ梅だ。枝の先から細くしなやかな枝が伸びていくと、地面に向けて垂れ下がった。たくさんの花芽がついている。やがて、淡く色づいて膨らむと、いっせいに紅色の花を咲かせた。目に染みるような曇りのない紅色だ。可愛らしい花が開くたびに、梅の甘酸っぱい匂いが辺りに満ちていく。風が吹くと、枝がこすれてざあざあと鳴った。美しく咲き誇った花は、すぐさま地面に落ちる。新しい花が咲いてはまた散っていく。見る間に地面が紅色に染まっていった。円形に広がる花の簾は、錦織の打ち掛けをまとった母の姿を思わせた。

「あ、ああ……」

気づけば、母が落ちていった穴はもうすでに埋まってしまっていた。

〝化け仕舞い〟は成されたのだ。

輪廻へ戻った母は、きっと新しい生へと向かったのだろう。

母は私へ自由を託して逝った。逝ってしまった——

涙で視界がにじんでよく見えない。

それでもなお、目の前に広がる梅の紅色が、目に沁みるくらいに美しかった。

エピローグ

気が済むまで泣き続けていると、知らず知らずのうちに夜が明けていた。

暁に染まった空に深紅の梅が映えている。

泣き疲れて呆然と座り込んだ私に、カゲロウが声をかけてくれた。

「大丈夫か」

隣に座って私の顔を覗きこむ。涙を指で拭った彼は、ぽつりと私へ訊ねた。

「これからどうする？」

ふいに投げかけられた問いに、思わず目をしばたいた。

「い、いま決めなくちゃ駄目……？」

心が弱りきっていた。未来のことなんて考えられない。

気弱な発言をすると、カゲロウは真面目腐った顔で言った。

「いま決めるべきだろ」

視線を上げて、朝日に染まったしだれ梅を眩しそうに見つめた。

「お前はもう自由だ」

まっすぐな物言いにドキリとする。カゲロウは柔らかな笑みを浮かべて続けた。

「命を懸けてくれた母親のためにも。進むべき道はきちんと決めておくべきじゃないか」

「そう……かもね」

曖昧にうなずいた私に、カゲロウは訊ねた。

「現世に戻るか？　小野さんなら、普通の暮らしを取り戻す手伝いができるだろう」

「……ッ!!」

いきおいよく顔を上げる。絶望的な気分でかぶりを振った。

「やだ……」

現世に私の居場所なんてなかった。大好きな母もいない。桜坂家の人々がこうなってしまった以上は、知り合いがいるのかすら怪しかった。まぎれもなく孤立無援だ。

「そうか」

カゲロウは小さくつぶやくと、私の頭を優しく撫でてから言った。

「じゃあ、俺たちと一緒にいこう」

ざあっと強い風が吹く。

しだれ梅の枝が触れ合う音が響く中、彼は穏やかな口調で続けた。

「仲間もみんなお前を気に入ってる。旅暮らしだ。決まった家もない。しんどいこともあるとは思うが――……」

「いいのッ!?」

カゲロウの言葉を遮り、前のめりになって迫る。

いまにもあふれ出しそうな涙をこらえて、真剣な面持ちで言った。

「私、君たちのそばにいたい。一緒にいさせて……！」

――もう、大切な人がそばからいなくなるのは嫌だ。

必死に訴えかける私に、カゲロウは苦く笑った。

「……いいぞ。歓迎する」

「～～～ッ！　やったあ……!!」

感激のあまりに抱きつく。

「よかった。よかったよおっ……」

涙声で繰り返す私に、カゲロウは優しく頭を撫でてくれた。

「安心しろ。そばにいる。使い捨てにしたりもしないから」

包み込むようにぎゅううっと強く抱きしめる。耳もとでささやくように言った。

「これからも一緒にいよう」

それは、いまの私にとってはなによりの救いで。

「うんっ。うん……！」

何度もうなずいては、私はカゲロウの胸に頬をすりつけたのだった。

「「うおおおおおおおお!!　やったぜ雪白――――!!」」

「ふえっ!?」

嬉しさに浸っていると、唐突に歓声が起こって驚いた。

気がつけば、続々とあやかしたちが集まって来ている。彼らは口々にこう言った。

「カゲロウだけじゃ寂しいって思ってたんだ。歓迎するぜ。新人の世話人さんよお！」

「やっぱな〜。若い子がいると違うよな」

「タマニ……チョッピリ、カジラセテクレルトウレシイ」

「おいおいおい。あやかしジョークはいい加減にしろよ？　嫌われるぞお前」

ワハハハハハ！　みんな豪快に笑う。彼らも私を歓迎してくれているようだ。

「やったな旦那ァ！　これでいろいろ楽になんだろ」

満面の笑みを浮かべたのは源治郎だ。

にやにやカゲロウの顔を覗きこみ、なんだか含んだ物言いをする。

「よかったなあ。雪白が消えた時の旦那のうろたえようったらすごかったもんな。嬢ちゃんの手がかりを教えろって小萱に詰め寄ってな。そのせいでアイツいまも寝こんで――」

「うるさいッ!!」

「痛ェ！」

バシン！　顔を真っ赤にしたカゲロウが源治郎の背を叩く。

涙目になった三ツ目の怪僧は、仕返しとばかりにニヤッと笑った。

「旦那ァ。嬢ちゃんはまだ未成年ですぜ。ちゃ〜んと段階踏んでくださ……」

「違う。断じて違うぞ。雪白は家族みたいなもので、そんな不埒な考えはっ……!!」

「うわぁ。旦那、手鏡を持って来ましょうか。顔が茹でダコみたいですぜ」

当事者である私を放って、男ふたりはキャッキャとじゃれている。

――カゲロウが……私を？

ドキドキと心臓が高鳴っていた。

もしかして、期待してもいいのだろうか。

彼からもらった優しさは――他の人とは種類が違ったんだって。

「おとろし～！」

「わわっ！」

ぼうっとしていると、ふいにモコモコゴワゴワが抱きついてきた。

ポチくんだ。小狐たちもいる！

「イッショ。ウレシイ！」「ユキシロッ、アソボ！」「きゃいん、きゃいんっ！」

「きゃ～～～！　待って、待って！」

いつもみたいに揉みくちゃされて笑顔になる。日常が戻って来たみたいで嬉しい！

「まったく。アンタがいると、いつも以上に騒がしいねぇ」

苦々しい口調なのはお菊さんだ。なんだかまんざらでもない様子で言った。

「母親に頼まれちゃしょうがない。面倒を見てやるよ。だけど、いまのままじゃ百鬼夜行の世話人としても頼りない。ビシビシ厳しく指導するからね！　覚悟しな」

やけに張り切っている。これは……すごく……めんどくさい気配がする……!!

さあっと青ざめていると、近くにいた鬼がぽつりと言った。

「ちょっと前まであんなに渋ってたくせにな。お菊、お前どうしたんだよ」

「……たしかに」

以前のお菊さんの態度からすると考えられない。なんだかすごく歓迎ムードだ。

「な、なにか悪いものでも食べました……？」

心配のあまり確認すると、お菊さんは気まずそうにそっぽを向いてしまった。

「馬鹿なこと言うんでないよ！　……別に、ちょっと認識を改めただけさ。百鬼夜行にいたいならいればいい。アンタはアタシがいたら嫌だろうけど――」

「嫌……？　どうしてそう思うんです？」

重ねて質問を投げると、彼女は耳を真っ赤に染めて言った。

「……だって。最初に会った時に……って」

「え？　なんですか？　もう一回言ってくださいよ」

しつこく袖をひっぱると、顔を真っ赤にしたお菊さんは半分キレながら叫んだ。

「だ～か～ら!!　最初に会った時、ゴキブリ扱いしちまっただろう！　人を虫扱いするなんて。きっと、アタシを嫌いになったに決まってる！」

勢いよく言った後、たちまちしゅん……と肩を落としてうつむく。

「……悪かった」

ぎゅうんっ！　と心臓が苦しくなる。思いっきり抱きついた。

「それを気にして遠慮してたんですかっ!?　可愛い。素直じゃないんだから～!!」

「おっ、大人に向かって可愛いなんて！　ええい、くっつくな。離せ。離せってば!!」

「お菊さん。大好き～～～!!」

「なっ……！　なにをっ!?　わあああああああっ!!」

それこそ茹でダコみたいになったお菊さんは、混乱の極致に陥っている。

「おっ。賑やかだなあ。いつの間に仲良くなったんだい？」

騒ぎを聞きつけたオジサンがやってきた。カゲロウや源治郎、ほかのあやかしたちも集まってくる。一同を見回したオジサンは晴れやかな表情で言った。

「よし。みんな揃ったことだし。今日はちょっといいご飯にしよっか。僕がおごってあげるよ。〝化け仕舞い〟をした仲間を偲ぼう。雪白ちゃんが戻ったお祝いをしよう！」

「うおおおっ！　さすが小野篁！　太っ腹！」

「カゲロウ。新しい酒樽を開けていいだろ。とっておきの肉も喰っていいよな!!」

「構わん。今日は特別だ。みんなで贅沢をしよう！」

「「おおおお～～～!!」」

歓声を上げたあやかしたちが、さっそく準備に動き出す。

「け、経費なんだからね!?　遠慮はしなさいよ！」

オジサンの忠告なんて誰も聞きそうにない。きっと楽しい一日になるはずだ。

母がいなくなってしまった悲しみを、一時だけ忘れてしまうくらいに。

――お母さん。私、がんばるからね。

「雪白」

気がつけば隣にカゲロウが立っていた。彼と目配せをして微笑みを交わす。

百鬼夜行に出会うまで、私に未来なんてなかった。囚われたまま終わるはずだった私は、彼らと出会って新しい道を切り開いたのだ。泣いたり、笑ったり……。これからいろんなことがあるだろうけど、今日みたいに最後は笑っていられればいい。そんな風に思った。

了

《引用文献》

作中にて『散華』『パンドラの匣』『ヴィヨンの妻』『晩年』（太宰治・著）の一部を取り上げさせていただきました。

『太宰治全集6』（ちくま文庫）より『散華』
『パンドラの匣』（新潮文庫）
『ヴィヨンの妻』（新潮文庫）
『晩年』（新潮文庫）

本書は書き下ろしです。

幽世《かくりよ》のおくりごと
百鬼夜行《ひやつきやこう》の世話人《せわにん》と化《ば》け仕舞《じま》い
忍丸《しのぶまる》

2023年7月5日初版発行
発行者……………千葉 均
発行所……………株式会社ポプラ社
〒102-8519 東京都千代田区麹町4-2-6
フォーマットデザイン 荻窪裕司(design clopper)
組版・校閲 株式会社鷗来堂
印刷・製本 中央精版印刷株式会社

ポプラ文庫ピュアフル

ホームページ www.poplar.co.jp

N.D.C.913/271p/15cm
ISBN978-4-591-17853-9
P8111359